ことのは文庫

ある日どこかで箸休め

3分で読める35話のアラカルト

村田 天

MICRO MAGAZINE

目次

朝食の音 …… 8
深夜のラーメン …… 14
無限うどん …… 20
煮物大作戦 …… 28
だらしない鵜竹さんと、私の常備菜地獄 …… 38
続・煮物大作戦（※煮物は出てきません） …… 50
おにぎりの話 …… 60
続・無限うどん（※うどんは出てきません） …… 66
さかな・とり天・クリパ …… 74

さかな・とり天・裏 …… 84
パン交換 …… 90
夏のカレー・昆虫の舞 …… 100
茶谷教授の秘密 …… 110
食いしん坊大作戦 …… 118
八月のしるこ同盟 …… 126
大人は冷蔵庫のプリンで喧嘩しない（※プリンは出てきません） …… 138
詫び飯 …… 146
トリガーは焼きそば …… 150
冷やし中華始めました …… 158
食いしん坊の幽霊 …… 164
あいびき …… 176
たくさん食べる彼女と私 …… 184

アイスクリームが溶けるまでに …… 190
父と枝豆 …… 198
デートのお作法 …… 204
にんにくの吸引力について …… 212
家族集合 …… 218
彼女の記憶がなくなって …… 224
鰻に会いに …… 234
鍋の季節 …… 242
二十七歳、パスタを作る …… 252
台風の日 …… 260
一途にわらび餅 …… 266
房江ばあさんの干し柿（※焼鳥しか食べてません） …… 274
夕食の匂い …… 282

ある日どこかで箸休め

3分で読める35話のアラカルト

朝食の音

薄く目を開けたとき天井はすでに明るくて、だけど自宅とは違う木目に昨夜のことを一瞬で思い出す。おそるおそる横を見るが、浮かべた大学の同級生の顔は、ぬけがらの形の掛け布団と体温のぬくもりをわずかに残してそこになかった。

朝食の音がする。

朝食に音なんてない。正確には朝食を作っている音。あるいは、朝食を連想させる音がしている。まな板と包丁がぶつかる『とんとん』だとか、『さく、さく』だとか、油がフライパンで立てる『じゅう』だとか。あるいは鍋の中の小さな沸騰の『ふつふつ』だとかも。

朝食の音には、朝日の明るさと朝食の匂いも不可欠。

炊き上がったお米の匂い。それから味噌汁と出汁の匂い。少しこんがりした肉の焼ける匂い。そんなものがいくつも混じり合って、ぼんやりした朝食の匂いになる。

「おはよ、江藤」

わたしが起きたことを横目で確認して短く挨拶（あいさつ）を投げた彼が、ことり、ことり、とお皿をテーブルに置いていく。規則正しく対称に置かれた食器。

ボサボサの頭を撫（な）で、テーブルの前に座る。わたしは自分のアパートで箸置（はしお）きなんて、使わない。というか持っていない。だけど目の前にちょこんと置かれた猫と葉っぱのかたちのそれを見ていたら、なぜだか自分もむしょうに欲しくなった。

「おはよう。いただきます」

ふたつの挨拶を纏（まと）めて、手を合わせてから箸を手に取る。目の前のメニューはまず、炊きたてのご飯。白くてツヤツヤのお米がぴんと立っていてふっくらしてる。

それからお味噌汁。中身は葱（ねぎ）と豆腐。几帳面に四角く綺麗に切られた豆腐が彼の性格を表している。味噌と出汁のいい匂いが食欲をそそる。思わずお椀（わん）を手に取って、ぞぞ、とひとくち飲み込む。まだちょっと熱いかも。葱の良い香り。

隣のお皿にはこんがり焼けたベーコンの上に綺麗（きれい）な目玉焼きがのっている。それから小鉢に白菜の浅漬け。

どこから攻めようか。とりあえずご飯のお茶碗を手に、お米をそのまま口に放り込む。お米の味なんて最近意識してなかったけど、ゆっくり噛（か）むと瑞々しい甘みが感じられる。

さっきからご飯に集中してことさら顔を見ないようにしていたけれど、本当はものすごく気になっていた。

正面で『かちゃ』と食器がテーブルに置かれるごく小さな音や、口の奥のほうで白菜を嚙む『しゃく』という、さらに小さな音まで聞いていた。そちらをろくに見られないし、会話がないから余計に聞こえるんだ。

「これ、可愛いね」

ちらっと見ただけなのに目が合ってしまったので、そう言って箸置きに視線を逸らす。

「え？」と言って彼がまじまじと箸置きを眺めた。

わたしはその間に目玉焼きにお醬油（しょうゆ）をかけた。それから箸でぷつんと黄身をつぶす。お箸で白身とベーコンをひとくち分つまんで、黄身を纏わせる。真っ白なご飯を汚さないように、先に口に入れてしまう。追いかけて、白米。昔のヒットソングにありそう。『追いかけて、白米』ないか。少なくともヒットはしなさそう。

「本当だ、可愛いね」と無愛想（ぶあいそう）な声が返ってくる。箸置きの感想だろう。淡々とした口調だけれど、彼は普段からこんな感じだ。

ここで改めて状況を振り返ると昨日わたしは、酔った勢いでこの部屋に泊まった。そして勢いとかいうけれど、わたしは前から彼、三池（みいけ）君のことが好きだったし、本当はそんなに酔ってなどいなかった。

本当は先に好きって言おうと思っていたんだけれど、それは怖くて伝えられないまま、関係だけ持ってしまった。ほかの子が彼を狙ってるって聞いたから、焦（あせ）っていた。でも、後悔している。

どうでもいいと思っていた女と、酔った勢いで関係は結べても、付き合えはしないだろうから。

遊びには行けるけど触れられたくはないとか、優しくはできるけどキスはできないとか、昔はそんなことが多い気がしていたけれど、大学生になって、特に男子においてはそれらは逆なこともあるんだと知った。わたしの話ではなくて、友達から聞いたことだけれど。夜は優しかった相手が朝になって、魔法が解けたように振る舞うこともあるんだって。

これからどうなるんだろう。昨夜のことはあやまちとして、そのまま今まで通りなのか、逆に気まずくなる可能性だってある。家に帰ったら落ち込みそうだ。わたしは彼のことを好きだけれど、本質を知るほどには詳（くわ）しくなかった。ここで何人の女の子が朝食を食べたかだって、わからないのだ。

お味噌汁を飲み込んだ。それからカリカリにまではいかないベーコンの肉の味を咀嚼（そしゃく）する。卵と醤油が混じり合って、少し甘くてしょっぱい。目の前の新品の醤油を眺めながらソースではなく、醤油派なんだな、一緒だ、なんて思う。

「今日……」

彼がお米を口に入れ、お味噌汁でごくんと飲み込んで口を開く。かちゃり、お箸が食器にあたる小さな音。

「今日、どうする？」

「えっ、今日？」

「どっか……行く？」

そう言って彼が窓の外を見た。

つられてそちらを見ると青い空が広がっていた。

「……どこか、って」

「……うん。映画とか？」

ことさら丁寧（ていねい）に皿の黄身を白身のかたまりで拭（ぬぐ）って口に放り込む。もぐもぐしながら考えた。映画、ふたりきりで……えっと、それは。

ベーコンエッグをあらかた食べ終わってしまったので、白菜を口に入れて、顔を上げる。また、新品の醤油に目がいった。

彼の向こう側に開けられた段ボールが見える。わたしの視線を追って彼もそちらを見た。

「あ、これ。実家から食器いくつか貰（もら）ってたんだけど、今日初めて開けたから……」

「そう、なんだ」

「いつもは自炊なんてしてない」と、照れたような、困ったような、そんな顔で彼が言った。

お椀に残っていた味噌汁を飲み込んで一息ついた。「ごちそうさま」と言って顔を見ると、少しほっとしたような顔をした。食器を持って立ち上がる。

「お皿、洗うね」

「あ、ありがとう……」

狭いアパートのキッチンにはスーパーの袋があって、さっき食べた卵のパックがあった。中身がふたつ減ってる。それから小さなベーコンのパックも。葱も。白菜の浅漬けもあった。パンも買ってあったけれど、開けただけで減っていないから、どちらにしようか迷ったのかもしれない。ペットボトルの水しか入っていない冷蔵庫にひとつひとつそれを戻して、お皿を洗う。

猫と葉っぱの箸置きを見ていた彼を思い出しながら、わたしはとりあえず、どんな映画にしようか、なんて考えていた。

深夜のラーメン

夜中に空腹を覚えて家を抜け出す。

もう二十二時を過ぎていたけれど、コンビニは家から五分。とはいえ、女子高生の娘の夜間外出は親に見つかるといい顔はされないだろうから、そっと足音を立てずに。財布には軍資金が千円。

外に出ると生ぬるい夏の夜の風が吹いていた。台風が近いのかもしれない。

コンビニの前まで来て、店内で立ち読みする知った顔を発見してなんだかホッとする。多島隼人（たじまはやと）だ。夏休みに入って久しぶりに見たクラスメイトの顔にちょっと懐かしいような、不思議な感覚。

さっそく店に入って後ろから足元を軽く蹴る。

「おわ！　なんだよ！　宇野（うの）かよ！」

やたらとでかい図体はびくともしなかったけれど、いささかオーバーリアクションにも思える声が返ってきて満足を覚える。

「何やってんの」

「明日の練習も早いのに、眠れそうになくて走ってたんだよ。その帰り」

高校二年生。多島は確かしごきがキツいので有名なサッカー部に入っていたはずだけれど、常に体力がありあまっているらしい。

「宇野は、何やってんの」

「お腹減って」

「はぁー、女子高生、いつも腹空かせてんだな……でも夜中に飯なんて食ったら……」

言いながら私の体を上から眺めるのでもう一度、思い切り蹴飛ばした。

「いてぇ！」

びくともしなかったくせにリアクションだけは大きい。

「何食うの」

「んー……インスタントラーメン！」

「そりゃまた太……」

太りそうなものを、と続けたかったのかもしれないがひと睨(にら)みしたら黙った。

袋ラーメンのコーナーに行くとついてきた。

「何にすんの？　塩？　醤油？」

「どうしよっかな……」

しゃがみ込んで、棚の下段に陳列されているラーメンを懸命に吟味するけれど、どれもぴんと来ない。

「なぁ、おい……家に葱と卵あるかちゃんと確認して来たか？」

「してないけど……」

酷く深刻な口調で謎の心配をされて横目で多島を見る。溜息を吐かれておいおい、マジかよ、みたいなオーバーリアクションをされる。そこまで呆れられるようなことをしたろうか。

「なぁ『ふじみ』行こうぜ」

「えっ」

『ふじみ』はここから五分ほど歩いたところにあるラーメン屋だ。確かにあそこは遅くまでやっているので今からでも食べられるだろう。

「行こうって、多島も食べるの？」

「まぁ、見てるだけってのもあれだしな」

「どうする？」と聞かれて「行く！」と勢いよく返事をした。

「やったぁ！」

女子高生として、さすがに夜にひとりでラーメン屋になんて入れるほど神経が太くはない。でも体育会系大食い男子のコイツがいれば入れる。家でインスタントラーメンを食べるより魅力的だ。

　ふたりで連れ立って『ふじみ』まで来た。

　店内はカウンターのみの食券式。私はスタンダードな『ふじみらーめん』を押して椅子に座った。遅れて大盛りの券を持った多島が隣に座る。

「なぁ、宿題、やった？」

「うん」

「……お前成績だけはいいもんな」

「だけってなに」

　ムッとして睨むと笑う。でも、そういう多島も、スポーツ馬鹿のわりにはそこそこ悪くなかったはずだ。

　ラーメンは豚骨醤油。もやしとチャーシューと味玉が半分入っている。

れんげでスープをすくって口に入れる。ひとくち飲んだだけで体に悪そうな塩分と油がたまらない。体がこれを求めていた。

　箸を持って麺（めん）を持ち上げる。ふぅ、ふぅと息をかけてから口に入れる。空腹とラーメン欲が満たされていく。ラーメン欲はラーメンでしか埋められない。アイスでも彼氏でも現金でもきっと埋められない。

　まぁ、現金はほとんど持ってないし彼氏もいないけど、それは置いといて。

麺の合間にもやし、しゃくしゃくして麺に飽きそうになった舌がリセットされる。

それから味玉。こんがりした綺麗な色が食欲をそそる。口に入れると黄身が柔らかく溶けた。そこにすかさずスープ。

チャーシューを少し齧って、ソロで楽しんだ後に今度は麺と一緒に。

麺、麺、スープ、もやし、麺、チャーシュー、麺、スープ、味玉。ローテーションしながら夢中になって食べた。隣から視線を感じる。

「なに見てるの？」

「……うまそうに食べるなと思って」

多島は笑ってから豪快に丼を持ち上げてスープを飲み干した。

私もスープに麺が見えなくなってきた。れんげですくって飲む。それから口を洗うために水。最後にもうひとくちスープ。水。もうひとくちスープ……水。スープがおいしいのか、その後の水がおいしいのか。謎に迫っているうちに水がなくなった。

店を出ると食べた後のせいか外の風が涼しく感じられた。

「おいしかったー」

「帰るか。送る」

多島が伸びをしてから手を伸ばしたので、なんとなくそれを取った。

数歩無言で進んでから気づく。何かおかしい。

あ、今、手を伸ばしたの、そういうんじゃなかったよな。あれはなんというか、「こっち」くらいの誘導するような、そんな感じのなんでもない動きだった。なんで私普通に繋いじゃったんだ……恥ずかしいな。

多島を見ると上を見て口を引き結んでいた。歩き方、微妙に不自然……。

それでも手を繋いだまま夜の道をテクテク歩く。

なんだか嬉しくなってきた。緩く繋いだ手にきゅっと力を入れてみる。

顔を見るけど多島の反応はない。

その数秒後、同じようにぎゅっと握り返された。

「あー、なんていうか……」

「……うん」

「うまかったな」

「うん……」

「また、行く?」

「うん」

夜中にコンビニに行ったら彼氏ができたこの日は、後々の色々を考えると歴史的な日であった。

無限うどん

俺の初めての彼女はハズレだった。

失礼なことを言っているのはわかっている。でも、そう言いたくなるくらいに散々だった。

出会いは大学のサークル。男が圧倒的に多いそこで、彼女は紅一点でそこそこ可愛くて目立っていた。

そこそこ可愛いのだから自分なんかには無理だろうと思っていたら、夏休みにデートに誘われた。今思えばデートだったのかは怪しいけれど、とりあえずふたりで買い物に出かけた。夕飯を食べて、向こうから手を繋がれて、調子に乗ってキスをしたけれど嫌がられなかった。こんなにチョロくていいんだろうかと心配になるくらい全てうまくいって、浮かれていた。

夏休み明けにサークルに顔を出すと友人が妙に浮かれていて、どうしたと声をかけると彼女ができたと言う。お前も？　実は俺も！　なんて言って盛り上がって飯を食いにいった先で相手が同一であることを知り、打ちひしがれる。文句を言うために電話をかけると今忙しいと切られてしまう。

気がついたら彼女はサークルを辞めていた。

そこで終わるかと思いきや、忘れた頃にその女から電話がかかってきて「会いたい」と言われた。そこで「そうかよじゃあな」と一刀両断にできるくらいならこんなモテない人生を送ってはいない。根暗、ヲタ、陰キャ、さまざまな称号を手にしている俺はムカつきつつも、とりあえず会うだけと会って、なんだかんだと話を聞くうちにほだされて、しょっちゅう呼び出されるようになった。

呼び出されても、お腹が痛くなったとかいって帰されることもあった。ドタキャン、遅刻、すっぽかしも多い。でも、毎回じゃない。可愛く甘えてくる日もあった。呼び出されて泣かれて「父親に愛されなかった」とか打ち明けられて「あなたならわかってくれると思った」と言われて、ほかの女の子とちょっと話すだけで嫉妬なんてされて泣かれて、そういう日を繰り返すうちに、こんな駄目な子をわかってあげられるのは俺だけだと思うようになった。

しかし、ある日ふっつりと連絡がなくなった。

同じ大学内で、別の男と歩いているのを見たのは数日後。俺に勝るとも劣らない冴えない男だった。そちらを見ていると、そいつの陰に隠れるようにされて、ヒソヒソ言ってるのが見えた。「あの人勘違いしちゃって、しつこくて困っている」みたいなことを遠回しな表現で言ってるんだろう。以前俺が聞いていたことだから、わかる。

それを見たらスッと憑き物が落ちたようになって、解放された。文字通り憑き物みたいな女だった。

＊＊＊

「うわぉ〜、それすっごい典型的なやつじゃん」

「そうだよ……」

「おひょう〜」

あれから時は流れて俺は大学を卒業して就職した。

目の前で愉快な擬音語で笑っているのは会社の同期の野川夕実だ。

ボサボサの梳いてない髪、ダサい眼鏡。ヲタ臭いしゃべり方。胸はでかいけれど、かつて飲み会のノリとかそんなもので彼女に触れようとしたやつは物凄い剣幕で糾弾された。

初めて会ったとき、なんてモテなそうな女だと思った。

向こうも同じように思ったらしく、俺たちは意気投合した。

「野川さんはどうなの」

「彼氏？　いたことないですよ？」

「……そうですか」

「二次元になら……」

「あ、いい。俺いま濃ゆい話聞きたくない」

なぜなら俺は風邪で寝込んでいた。

どうしてもすぐ確認してもらいたい書類があると言って部屋に乗り込んできたこの女が、唐突に大学時代の悪夢みたいな恋愛を言わせるものだから、微熱に下がっていたのにまた悪化しそうだ。

「腹減ったな……」

しかし、回復はしてきている。昨日までは感じなかった食欲が湧(わ)いてきた。

半身を起こして野川の顔を見た。

「野川さん」

「な、なんだね？」

野川が身を乗り出し、目を瞬(しばたた)かせて不思議な表情をした。

「ちょっとどいて」

「は？」

キッチンに行くために野川をどけて立ち上がる。

「俺飯食べるけど、野川さんもなんか食べる？」

「……風邪ひいてるんでしょ？　寝てれば？」

「寝てて飯が出てくる環境じゃないし」

冷蔵庫を開けてガサガサやっていると野川が追いかけてきて、寝てろ寝てろとうるさい。

「わ、私、料理得意なんだよね……！」

「へぇ、人間取り柄のひとつやふたつあるっていうけど……なんもねぇなぁ」

後半はわが家の冷蔵庫に対してである。ろくに買い物にも行けてなかったから仕方ないけれど。

「つ、ついでだから、作ってあげようか？」

「え、でも人んちの台所って作りにくくない？」

「うん……いや！　大丈夫だから！　とりあえず河瀬君は寝てて」

いやに作りたがる。そんなに料理自慢をしたいのだろうか。普段お互いさまだと思って馬鹿にした態度をとり過ぎていたかもしれない。

はたして野川が買い出しに行き、出てきたのはコンビニのアルミ容器に入った鍋焼きうどんだった。これは確かあったためるだけで楽チン手軽に具入りのおうどんが食べられる。

「野川さん、さっき料理得意って言った？」

「そんなこと言ってないよ」

「え？　言ってたような」

「言ってない。食べて」

テーブルの正面でなぜか野川も同じものを前にしていた。

野川は姿勢よく手を合わせて「いただきます」と小声で言うと箸を持った。

野川は唇を小さく尖らせうどんを持ち上げ、ふぅっと息を吹いた。眼鏡が真っ白になったので結局その麺をスープの海に戻す。それから眼鏡を外して横に置いた。意外と目がでかい。

白くて柔らかなうどんの麺が野川の唇につるつると吸い込まれていく。野川の肌はうどんと同じくらい白く、唇は赤い。それから空になった口をあけてはぁ、と湯気のような溜息を吐いた。それからまたうどんを、規則正しいような仕草で少量持ち上げて口に入れる。頬を膨らませてもぐもぐしている様は少し幼い。見られていることに気づくと口元を片手で軽く押さえた。

てっきり「なに見てやがる」と言われると思っていたので反応にちょっと戸惑う。

鍋焼きうどんにはやたらと具が乗っていた。ほうれん草とか、やけにちゃんとしたかまぼことか、こんなの売ってたっけ。特に最近の鍋焼きうどん事情に詳しい訳でもないけれど。ぼんやり思う。

うどんのつゆは優しくて甘い。焼肉やピザやラーメンと比べると暴力性がない。弱った胃にじんわり染みる。

「ごちそうさん。もう寝ていい？」

「……そうしなされ」

どこか不貞腐れた声が返ってきて、まどろみに呑まれる。

風邪のときは嫌な夢を見る。

唯一の元カノが「一緒に死んで」とか言って首を絞めてきたときのこととか。今思い出しても首を絞めて俺を殺したあと、自分がどうやって死ぬかの算段がなさ過ぎて信用できない。せめて毒とか入水とかさぁ。結局俺が苦しいだけだった。

でもその日は野川がうどんを食べている夢を見た。つるつるつると口に、どこまでも無限に入っていくさまを見て俺は笑った。

そういえばうどんだけじゃなくて、野川もいつもと何か違った。ほうれん草やかまぼこみたいに、いつもより何か余分に多かった気がする。たとえば睫毛とか。唇の赤い色とか。ぼうっとしてたからよくわからないけど。

起きたらおにぎりが置いてあった。横に塩昆布で和えた胡瓜も。だいぶいびつな形だったのでやはり得意というのは空耳だったのだろう。

皿のすぐ隣に裏返したレシートが置いてあったので買い物の値段を確認する。後で払えと言うことだろう。裏に乱雑な横書きで何か書いてある。解読しても「女」「子」「さ」「一」としか読めない。なんのこっちゃ。とりあえず財布にしまう。

野川、地は悪くないんだから眼鏡取って髪梳けばいいのに、そしたらモテそうだ。胸もでかいし。でもあいつガード固いからな。

人のことは言ってられない。苦い恋愛経験のあとすっかり臆病になってもう何年も恋なんてしていない。このままじゃ感覚が鈍くなってしまいそうだ。ていうか最近もう思い出せない。恋愛ってどんなだっけ。

ああ、俺このままじゃ結婚とかもできないんだろうなぁ……。

煮物大作戦

　テーブルにはたこわさと揚げ出し豆腐、なんこつの唐揚げと漬物。この親父くさいオーダーは俺ではなく目の前にいる会社の女性の先輩、籠沼さんが選んだものだ。四つ上のこの先輩は入社当初から俺に仕事を教えてくれている人で、最初はわりと横暴な振り回し系に感じていた。

　彼女は指示が大雑把で、なぜそれが必要かを省いて命令するところがあったからだ。美人だけどキツめの顔立ちも手伝って、非常に高飛車で横柄な人に感じられ、嫌っていた。

　けれども時間と共に認識は変わった。

　指示が一際大雑把に感じるのは単純に忙しいときだった。それに、説明がなくとも言われるままやっていると、なぜそれが今必要なのか、慣れと共にわかるようになってくる。自分が仕事のどのパーツの一端を担っているかわかるようになると、俺が時間内でできるだけの、無理のない量を割り振られていたこともわかる。

　おまけに、はみ出した仕事は黙ってひとりで残業してすませていたことまでわかってからは、単なる言葉足らずで不器用な人に感じられて、むしろフォローしたいと頑張るようになった。

「わたし、口が悪いのに意外と尽くし系で、でも頑張って尽くしてることを気づかれないからなんか振られるんだよねぇ」

「籠沼さんの日本語が適当すぎてよくわからない」

「たとえばさぁ、わたし料理大っ嫌いなんだけどー……」

籠沼さんはふうと息を吐いて手元のグラスのホッピーをごくりと飲み込んだ。

「でも彼氏が喜ぶから毎回頑張って作るじゃん？　でも相手からしたらそんなのわかんないから、そのうち向こうは何されても当たり前と思うようになって……」

籠沼さんはわかりにくい人なんだろう。

忙しい中時間を作ってちょこっと会いにいっても時間が短すぎて逆に「好きじゃないから大して会いたくないんだろ」と言われる。誕生日に探し回ってあげたレアもののプレゼントは希望だったスタンダードなものとちょっと違うと言われ結局棚の中。愛を伝えようと「好き」とマメに言うようにしたらいつも言ってるせいでいまいち信用されなくなった。

「いつも何か噛み合わないっていうか、なんとなくことごとく不遇なんだよね」

男のほうにもだいぶ問題があるように思えたけれど、言わんとしていることはなんとなくわかる。

籠沼さんとは何回か飲んでいたけれど、恋愛関係の話は初めてだ。籠沼さんの同期が結婚するという話の流れで聞き出した。

彼女は聞いてるとかなり都合のいい女なのだけれど、ぱっと見は御（ぎょ）しにくいキャラクターで、とてもそうは見えない。その辺が不幸の始まりかもしれない。

「作りたくもないビーフストロガノフ、焼きたくもないキッシュ、食べたくもない甘ったるいガトーショコラ……わたしは人生でそんなのをたくさん作ってきたわぁ……」

どうやら彼女の本性には似合わない、ちょっとだけ気取った付き合いをしていたことがうかがえる。

「宮内（みやうち）君はどうなの？」

「俺はぼちぼちっす」

彼女は高校でふたり、大学で四人、みんななんとなく付き合って、なんとなく別れた。大体こっちも向こうも熱い感じではなく、タイミングと流れで自然にそうなった。

そういえばお菓子やお弁当を作ってもらったこともあったけれど、それに対して作った人間が料理好きかとか考えたことはなかった。作ってくれるくらいだから好きでやっているんだろうとばかり思っていた。

「なんで言わなかったんすか」

「何を？」

「料理嫌いって……無理に作ることないじゃないですか」

「付き合ってるときは好かれたいし、喜んでもらいたいし……」

籠沼さんが俯きがちにボソボソこぼす。

こういう可愛いことを言うとき、ことさら眉をしかめてつまらなそうな顔をする彼女は、良くいえば照れ屋で、悪くいえば可愛げがないのかもしれない。だが、そんなところが良い。

「籠沼さんの好物ってなんですか」

「煮物……でも作るのはぜーんぜん好きじゃないけどね」

「籠沼さん、俺んちの煮物がうまいんですよ」

「へぇ」

「むちゃくちゃうまいんです。今度食べません？」

「え、キミ実家住みだっけ」

「いや、ひとり暮らしですけど、俺が作れますんで」

「お、ありがとう。会社に持って来てくれるの？」

「……それもいいですけど、できたてがいいんで、ウチに来ません？」

「お？　おー、いいよお」

家に帰って実家に電話をかけた。

「あ、母ちゃん？　煮物の作り方聞きたいんだけど……え？　いやちょっと健康に気を遣おうかと……」

母はいくらか怪訝(けげん)そうではあるものの嬉しそうに教えてくれた。実家の煮物がうまいのは本当。しかし俺が作れるのは嘘。でもまぁ料理は嫌いじゃないし、自炊だってしている。聞けば作れるだろう。

＊＊＊

金曜の朝、満を持して誘いに行った。

「煮物、今日、どうっすか？」

「え、今日？」

「ハイ！　金曜ですしビールでも買って、ついでにうちでゆっくり飲みましょうよ」

籠沼さんの反応を固唾(かたず)を呑んで見守った。

断られる可能性は高い。しかし、だからこそ何度も店で飲んで実績をつんできた。頼むよ。一緒に飲むなんてよくあることじゃないですかー。めっちゃ掃除して来たんすから。

お互い大人だから多少警戒されるのは当然だ。というかまるで警戒されないのもちょっと問題ある。さて、どう出るか……。

籠沼さんは考えていたけれど、やがて、苦笑いして「わかった」と頷いた。よっしゃ！

「ちょっと遅くなりそうだったんだけど、宮内君が手伝ってくれるなら、もうちょい早くなるかな……」

「もちろんです！」

張り切って仕事を進め、定時には頼まれていた追加分も終えて「お疲れ様です！」と迎えに行った俺を見て籠沼さんが目を丸くした。

「宮内君、いつもそんなに仕事早かったっけ？」

「ええっーと、まぁ、今日は調子良くて……行きましょう！」

籠沼さんが怪しげなものを見るかのように目を細めた。やべえ。がっつきすぎたか。

「ウオォー腹減ったー！」

脇で仕事を終えた同期の大村（おおむら）が突然巨体から巨大な呻（うめ）きをもらす。

「あ、大村君も誘う？」

「んがッ！　彼は今満腹っすから！」

「え、でも……いま」

「あ、いや……そうじゃなくて……コイツ減量中っすから！」

「何？　おいしいものがあるなら、ボクはどこまでも行くよおー」

ぐるんと椅子を回してのたまった大村の肩をがしっと掴んでトイレに引きずった。

「大村、お前は今日満腹だ。わかったな？」

「いやボク今なんなら宮内君の顔をひとくちで食べれるくらいに空腹だけどお？」

「……くッ」

「なにナニなに～？　ボクに内緒で何かおいしいの食べる気～？　そんなの許されないよお？」

そのでかい口におにぎりをぎゅうぎゅうに詰めて塞いでしまいたい。

「俺は今日籠沼さんとふたりで、食いたいの！」

「ぼかぁふたりでも三人でもなんでも食べたいよお？」

大村はどこまでわかっているのか、細い目をさらに細め、腹が立つほど呑気な口調で食い下がる。

「お、お前……ほんとに一緒に来る気かよ……？」

「食えるなら行くヨ！」

心情的には一発殴って床に沈めてしまいたいが、この体格差で俺が勝てるよしもない。

今夜の野望はついえた。

小さく震える俺に大村がにかっと笑った。

「冗談だよお……牛丼三杯とラーメン二杯で見逃してあげる。ボク少食だから」

「あ、ありがとう！　ありがとう！　お前は優しい巨人だ！」

何杯でも食え！

食いしんぼう巨人に礼を言い、会社を出た。

＊＊＊

「わー、いただきます」

籠沼さんがビールを開けて、箸を手に取る。

俺も大根をつまんで口に運んだ。

ほくほくしているそれは出汁がきちんとしみていて、口の中で柔らかく溶ける。我ながらそこそこ良くできた。

鶏肉も柔らかい。油揚げは噛むとじわっと味が広がる。しゃきしゃきしたさやえんどうは食感のアクセント。それからちくわ。にんじん。コンニャク。口に放り込んでビールを喉に流し込む。ビールとも合う。

スタンダードなものかどうかは知らないけれど、実家のはこんなだった。自分で作った癖にちょっと懐かしくなる。慣れた味に箸が進む。

「本当においしい」

籠沼さんが凄まじく可愛い笑顔で言った。母ちゃんサンキュー。

酒でさらに表情がほぐれたときを見計らって言った。

「あの、泊まっていきませんか？」

「……なんで？」

籠沼さんの目が細められ、なぜか叱られているような気分になる。

「……前から好きだったんです」

「まぁ……なんとなく今日わかったけど……」

溜息まじりに彼女がこぼす。散々隠して近づいてはきたものの、ここに来て家に連れ込むまであと一歩となり、だいぶ鼻息荒くなっていた自覚はある。特に帰り際のあれなんて社会人とは思えないレベルでバレバレだろう。

「うーん……どうしよっかな」

籠沼さんがにんじんを口に放り込み、味わうように目を閉じる。

「とりあえずもう少し飲もっか」

「はい！」

これがよくなかった。

俺は酒に弱く、籠沼さんはザル。気がついたら彼女の膝で寝ていた。

半覚醒で薄く目を開けると彼女が「おつかれさま」と言って頭を撫でて笑うから、そのまま気持ち良くてまた睡魔に呑まれてしまった。

煮物作戦、半分失敗。

だらしない鵜竹(うたけ)さんと、私の常備菜地獄

大学に進学して家を出てひとり暮らしをするようになって半年。先に進学して近所に住んでいた兄から珍しく着信があった。

「来夏(らいか)、もしできたら鵜竹の様子を見にいってくれないか？」

どこか沈痛(ちんつう)な声音で言われる。鵜竹さんは兄の小学校からの友達だ。

頻繁(ひんぱん)ではないものの、うちに遊びにきたときに何度も顔を合わせていて面識はあった。

確か今彼は兄と同じアパートの別室に住んでいたはずだ。

「え、様子って？　同じアパートなのにお兄ちゃん会ってないの？」

「大学もアパートも一緒だが、学部は違うからサークルに顔出さないと会わないこともあるんだよ」

「スマホは？」

「繋がらない……つうか、どうせあいつ止められてる」

「あぁ……」

「俺これから夜勤バイトなんだけど……ふと思い出したんだよ……ここ四日くらいあいつ見てないって、周りに聞いたら誰も見てないって」

「えぇ……そんなの……」

何か怖いじゃないか。ひとりで見にいきたくない。

「無理しないでもいい。俺も終わってから訪ねるから。もし……万が一会えたら連絡くれ」

＊＊＊

結局近所で暇だったので訪ねた。

チャイムを押してみるだけの簡単なお仕事だ。中にいればよし。

そう思って扉の前まで行く。しかし、チャイムは押せなかった。壊れているのかその部分はガムテープで潰されている。それではとノックをしようとしたら、スニーカーが挟まって最初から半ドアなのに気づく。

恐る恐る開けて覗くと薄暗い室内。

玄関先に片割れのスニーカーがひっくり返り、その先に人がうつ伏せで倒れていた。

「ぎ、ぎゃあぁーーーーーー！」

思いきり長い悲鳴をあげた。

「ん……？　ライちゃん？」

倒れていた死体がむくりと起き上がり、私の顔を見て声を出した。

その場で電話をかける。バイト中とか言ってたけど、緩いところなのか、数コール後に繋がった。

「あ、お兄ちゃん？　いたよ。鵜竹さん生きてた」

お兄ちゃんは、ほうと息を吐いた。

「ありがとう。すぐにそんな汚いとこから出ていいぞ」

ぷつりと通話が切れて、鵜竹さんのほうを見る。彼はへらりと笑って頭を掻いた。

「どしたの？　ライちゃん」

「とりあえず……シャワーとか、浴びてないんですか？」

鵜竹さんは臭かった。眉根を寄せて言うと彼は自分の胸元をすんと嗅いだ。

「え、あ、ガス止められててさあ」

ふと足に何かぶつかって見ると、巨大なかぼちゃがひとつゴロンと転がった。

「なんで、こんなとこに……」

呟くと下から「それ俺の夕飯」と聞こえてくる。

「二日くらい前にもらったんだよね」

「そうですか……あれ、ガス止まってるとかって？」

どうやってこのどでかいかぼちゃを調理するつもりなのだろう。

「頑張れば、生でもいけないかなぁ」

ちょっと頭が痛くなってきた。そもそも包丁とか鍋とかすらこの部屋にはないような気がする。

「昨日は何食べたんですか」

興味本位で聞くと「ポテチ」と返ってきた。

「そ、その前は？」

「……うーん、覚えてない」

「はぁ……」

「さすがに腹減ったなぁ……」

鵜竹さんは痩せていて肌も荒れている。明らかに食事が足りてない。

そのとき私の脳裏に自宅の冷蔵庫がぽんと過ぎった。

私はひとり暮らしを始めてから作り過ぎることが多かった。自分が食べたいときに食べたいものを作って食べられる自由が嬉しくて、浮かれていた。ネットでレシピを見かけたりしては、とんでもない時間に料理をしたりしていた。それでひとくち食べては満足して、これ以上は太るからと保存容器に入れる。そんなおかずが冷蔵庫には山のようにあった。

最近は、溜まっていく保存容器の中身をなんとか腐らせずに食べきることがノルマで、少し辛くなってきてもいた。

私の部屋はここから徒歩六分だ。私は彼を部屋から連れ出すことにした。

「うちに食べに来ませんか」と言うと鵜竹さんは「いいの？」と言ってへらりと頷いた。

この人をひとり暮らしの部屋に連れ込んだからといって多分なんの危険もない。昔から知っているけれど、そちら方面は全く覇気のない人だ。

たまに彼女だとかもいなくはなかったようだけれど、あまりに放置し過ぎてうちの兄に取られたりしていた。それでも兄がその彼女と別れてからも何をどうしてか鵜竹さんと兄の友情だけは続いているので不思議なものだ。

鵜竹さんは昔からものすごくだらしない。

生きるためにやるべきこと。寝るだとか、食べるだとか、水を飲む、だとかも何かに夢中になるとすぐに忘れる。他にもトイレに行く、お風呂に入る、暑いから一枚脱ぐ、寒いから上に着る、なども面倒がって我慢しがちだ。

とりえはというと勉強。昔からそれだけはものすごくよくできる。小中高とずっと首位を独走し、ずっと張り合っていた兄までついでに同じ高校と大学に入ったけれど、結局そちら方面では全く敵わなかった。

もっとも同じ大学でもうちの兄は文系で彼は理系。よく知らないけれど、鵜竹さんは今ハマっている研究があって寝食がすぐおろそかになるだとか、聞いてはいた。

「とりあえずシャワー浴びてください」

自分の部屋に入ってすぐ、鵜竹さんをバスルームにつっ込んだ。

続いて開けた冷蔵庫には、保存容器がぞろりとたくさん並んでいる。

みんな、ちょっと食べたくて作って食べ切れなかったやつ。

さあ、これを今日いくつ減らせるか。

メニューを考えているうちにこざっぱりとした鵜竹さんが出てきた。

とりあえずテーブルに座ってもらう。冷蔵庫から保存容器をひとつふたつ出して中を確認してお箸と一緒に鵜竹さんの前に置いた。

「これは？」

「こっちはオクラのおひたしで、こっちは小松菜のクリームチーズわさび醤油和えです。先に食べててください。今から食事作るんで」

保存容器をどんどん開けていく。

茄子（なす）とお麩（ふ）を卵でとじたやつをレンジで温め、トマトのツナ和えを出してお皿に盛る。ピーマンの揚げびたし。人参のしりしり。胡瓜とパプリカの浅漬けも出す。

それから冷凍していたご飯を温めて、ワカメスープだけ作った。

「親子丼みたいな味がする……」

茄子とお麩の卵とじを食べて、非常にしょうもない感想をもらした鵜竹さんであったが、出したものはばくばく食べてくれた。

こちらは別に素敵な感想は求めていない。それより彼は食に関心が薄いので好き嫌いがない。そちらのほうが重要だった。

嬉しい。これを消化するまで新しいのは作れなかったので心の負担が軽くなった。捨てた訳ではないので、ものすごいカタルシスがある。

ふと見ると鵜竹さんは食べ終わっていた。

そして虚空を見上げてずっと考え込んでいる。もしかしたら何か難しいことを思考しているのかもしれないが傍目には阿呆にしか見えない。

鵜竹さんはそのまま首を捻ってずっと考え込んでいたけれど、やがて、床で寝た。

私は鵜竹さんを起こさずに、自分はベッドに移動して寝た。

朝になってから残りの保存容器の中身を全部食べてもらった。もやしのナムル。ごぼうと人参のきんぴら。自家製ピクルス。大根の煮物。黄身の味噌漬け。どんどん出す。鵜竹さんは思考に嵌まり込むとろくに返事はしないけれど目の前に出したものはばくばく食べる。これは便利。すごくよいばくばくマシーン。

食べた後は腕を引っ張りながら起こして背中を押すと首を捻りながら帰っていく。

私は謎の高揚感に満たされていた。この仕組みをうまく使えば、私はこの作り置きの常備菜地獄から解放されて、作りたいときに作り放題ちょっと食べができる。

＊＊＊

その日を境に、私は週二で鵜竹さんを部屋に引っ張り込み、作り置きの処理をさせるようになった。

私は夜になると料理をする。肉巻き焼きおにぎり。イワシと梅の酒煮。トマトのファルシー。煮卵入り豚角煮。ＳＮＳやレシピサイトで見て、ちょっと気になったようなやつをやたらめったらに作製している。私はこの行為の中毒だった。

鵜竹さんは文句を言わずになんでも食べてくれる、なんならちょっと失敗していても黙ってモリモリ食べてくれる。非常によい常備菜処理班だった。

私は計画通りに進んでいることにほくそえむ。しかし、そんなとき、私の部屋の扉がガチャリと開く音がした。

ドスドスと無遠慮に床を踏み鳴らす音がして、私も鵜竹さんも黙ってそちらを見た。

「来夏。なんか食わせろ」

騒々しい音と共に勝手に扉を開けて入ってきたのはわが兄だった。

そして部屋に入り、妹の私と、友人の鵜竹さんが揃っているのを見て目を剝いた。

兄はこれ以上ないくらい目を大きく開き「んがぅッ！」と意味不明な音声をもらし、即座に拳を丸めた。

「鵜竹この野郎！　お前いつの間にうちの妹を手籠めにしやがったぁあアァアー！」

お兄ちゃんが鵜竹さんに掴みかかろうとする。

「お、お兄ちゃん！　あまったご飯食べてもらってただけだってば！」

「大学生のご飯が！　あまるわけねぇぇだろ！　大ッ体そんなこと来夏にされたら普通の男は勘違いして八割押し倒すだろうがー！　ヤったなお前ら！　俺が気持ち悪りぃからよせー！」

ものすごい暴論を好きなだけ吐いてお兄ちゃんが鵜竹さんを睨みつける。

黙って食べていた鵜竹さんが口を開いてぽつりと言う。

「本当だよ。ライちゃん計画性ないから」

「え、そうですか？」

こんなに計画通りに進んでいるというのに。ちょっと心外だ。

「説明しろ！　来夏の計画性のなさと、お前がすっかりウチの妹に骨抜きにされていないという因果関係を」

兄はふてぶてしく言って床にどかっと腰を下ろす。

そんなもんに因果関係はないだろう。しかし鵜竹さんは静かに頷いた。

鵜竹さんは私が保存容器に付けている付箋(ふせん)を指差した。付箋には作った日付を入れている。もちろん、古いものから消費していくためだ。

「うん……この間、一日の日付で作られたにんじんラペを食べたんだけど」

「覚えてるんですか？」

「うん。数字はうっかり記憶しちゃう」

うっかり。便利なような難儀(なんぎ)なような。

「でね、その後六日の日付で、にんじんのナムルを大量に作ってるでしょ」

「はぁ」

「量からいって、一日のにんじんラペは作りたくてちょこっと作った感じだけれど、六日のナムルは残っていたにんじんを使おうと残りを全部まとめて調理したって感じじゃないのかな」

その通りだった。ラペに使ったあと買ったのを忘れていたにんじんを焦ってえいやと全部ナムルにした。

「でも、こっち。十日には唐突に、また、にんじんを……この量は恐らく追加で買って、カラムーチョと和えてるね」

「は、はい……和えました」

「レシピを見て、食べたくなったから。やっと使い切ったばかりなのに、結局またすぐにんじんを買った?」

「そ、そうです……思わずやりました……見たら……食べたくなっちゃって……」

「うん。作り方にまったく計画性が感じられないんだよね。だからライちゃんはあまった野菜をまとめて常備菜にしようとかじゃなくて、レシピを発見して食べたいときに食べたいものを欲望にまかせて適当な量作って、行き当たりばったりで、また追加で買って、それを食べきれずにあまらせていたわけだね」

「う……その通りです」

その通りだがあられもない言われようだ。

「おまけに部屋のかなり目立つ場所、いつでも乗れる位置に体重計。いつも自分は少ししか食べようとしない。ライちゃんは体重を気にしていて、とにかく太りたくない。違う?」

「あぁ……ええ……そうです」

「つまり、ライちゃんは作り置きの常備菜の処理に困っていた。それが切実な動機」

「はい……そうでした」

「もてなすと言うには普通に日付が古いもの、あるいは傷みやすいものから出されているし、勘違いしようがない」

さすが変人、ぼうっとしているくせに妙なことには気がつくものだ。私のもくろみは細かい部分まで鶫竹さんに正しく把握(はあく)されていた。

お兄ちゃんは何か毒気を抜かれ、へぇと妙な溜息を吐いて、座った。

「よく考えたら鶫竹は普通の男じゃなかったな……ギリギリセーフだな」

兄はふん、と鼻を鳴らし再度「なんか食わせろ」と言って、その日は三人で私の作り置きを食べた。

続・煮物大作戦（※煮物は出てきません）

「宮内君今日終わってからうち来ない？」

籠沼さんに言われてぼうっとなる。

綺麗な色ののった唇のあたりをじっと見つめて、ごくりと唾液を飲み込む。

「ご……ごちそうになります！」

「キミ何言ってんの……？」

呆れた溜息を吐き出した籠沼さんの背後をよく見ると後ろにふたり、人がいた。

今年入社したばかりの青山瑠奈（あおやまるな）ちゃんと、イケメンでクソどうでもいい篠田竜真（しのだりゅうま）。

「このふたりと勉強会するからキミも来るかなと思って」

「お、俺すか？」

なんで俺が……ふたりきりならまだしも、なぜそんな珍奇な組み合わせの会合に混ざらねばならんのだ。

しかしイケメン篠田に「宮内さん無理しなくていいですよ」と言われて何かムカついた。

俄然参加する気になった。

駐車場に停めてある籠沼さんの車に向かう途中、籠沼さんが俺にだけ聞こえる声でぽそりとこぼす。

「宮内君、あとで知ったら文句言うかと思って……」

文句……言うだろうか。確かに青山さんはともかく、篠田が先に部屋に入るのはちょっと、ムカつくような。いやでも仕事だし。なんにせよ籠沼さんが気を遣ってくれたことはわかる。

それにしても、勉強会。俺のときはそんなのなかった。その頃は籠沼さんもまだ教える立場にそこまで慣れていなかったからだろうか。

ただ、篠田が勉強したいというのはなんとなくわかる。彼は要領の良さと覚えの良さをことさらにアピールしたがるタイプだ。個人的には新人なんて総じて使えなくて当たり前だが、彼は自分は違うという顔をしたがる。熱さがうっとうしいが良くいえば熱心なのだ。

青山さんは可愛い今時女子といった感じで、明るくノリだけはいいが仕事はあまりできない。こちらも勉強は必要。

なぜ籠沼さんの家になったかと言うと、青山篠田のふたりは全く酒が飲めないらしい。それだと居酒屋の類いはなし。かといって食事メインのところで食事をすると今度は仕事の話がしにくい。ファミレスが候補に挙がったけれど、籠沼さんはファミレスの類いがそんなに好きじゃない。それならいっそ自分の家でいいとなったらしい。

部屋に着いて楽園の空気を吸いまくる俺をよそに、勉強会が始まった。

入ったばかりの会社では説明もなく専門用語や取引先の名前が飛び交う。それはすごい数でいちいちひとつひとつ確認なんてできないまま過ぎていく。でもまぁ最初は言われた通りにしてると、そのうちなんとなく意味もわかるようになるし流れも繋がっていくものだ。

籠沼さんはふたりにその細かな説明をしていた。籠沼さんの説明は丁寧かつクソ真面目で、正直この時期に聞いても頭に入るとは思えない。

しかし、端っこに胡座（あぐら）をかいて一緒になって聞いていると、意外と適当に覚えていた言葉はそんなものの略称だったのか、とか、取引先のあの人は前は別部署にいたからある程度細かな話をしても通じるとか、むしろ俺くらいのほうがちょっと勉強になる。

そして、蓋（ふた）を開けてみればなぜこんなものが催（もよお）されたのか、大体わかった。

篠田は籠沼さんに取り入ろうとしている。恋愛のコナかけなのか、仕事面でのゴマすりなのかはわからないが、いちいち顔をじっと見たり、やたらと気を遣ってみせたりとあからさまだ。

だから元はと言えばその勉強会は篠田が籠沼さんにお願いしたもので、その篠田にわかりやすく矢印を向けた青山さんが割り込んだという構図だろう。籠沼さんもそこら辺はわかっている。下心渦巻く不毛な勉強会だ。青山さんは一見熱心な顔をしているが、時々髪を触りながら篠田をチラチラ見ていて多分あまり話は頭に入っていない。

「ちょっとお茶淹れてくるね」

しゃべり通しだった籠沼さんが息を吐いて立ち上がる。彼女の姿がキッチンに消えたのを見計らって篠田が俺に言った。

「宮内さんは今日なんで来たんですか」

「うるせえな……それが先輩に対する口のきき方か。黙れイケメン」

「いえ、純粋に疑問なんです。宮内さんは勉強会の必要はないでしょう？　なのに籠沼さんのほうから声かけるって……」

「え、なになに？　どういうことなんですかぁ？　宮内さんてそんなに仕事できないんですか？」

青山さんが身を乗り出して失礼なことを聞いてくる。襟ぐりから谷間がふるんと揺れる。

「……本人に聞けよ」

「えー！　籠沼さんにそんなこと聞けるわけないじゃないですかぁ！」

「そうですよ。宮内さんみたいな…………気さくな方だから下世話なことでも……」

「なんっかお前ムカつくなぁその言い方！」

「いたた！　痛いですよ！」

篠田をヘッドロックして遊んでいると籠沼さんが戻ってきた。途端ふたりの顔が緊張感に満ちたものに変わる。居住まいまで正している。

籠沼さんはその様子を見て息を吐いてから俺を見てちょっと笑ってみせた。

「コーヒーきらしてて、紅茶でよかったかな」

上品な揃いのティーカップの横にチーズケーキが添えられていた。篠田がいそいそと手伝うようにそれを受け取って全員の前に並べる。

口の中でほろりと溶けるレアチーズケーキは甘すぎず、クドくなく、まるで籠沼さんのようであった。なんかわかんないけどコンビニのじゃないことは確かだ。個人的には下に敷いてあるクッキー部分がうまいと八割方うまい。アレはメロンパンの皮、プリンのカラメルに並んで重要な存在だ。

お茶の時間、なんとなく雑談めいた様相になった。

「宮内さんて、新人の頃どうだったんですか？　覚え良かったですか？」

こいつ……。見ると篠田は期待に満ちた目をしている。篠田君のほうができるわよ、とか言われたいのが透けて見える。明日ヘッドロック追加。

「うーん……宮内君は仕事はまぁ、できなくはなかったけど……わたし嫌われてたから、あまり話してもらえなかったな」

「えぇえ！」

ふたりが揃って素っ頓狂な声をあげる。

「今はこんなに忠実な……いや、」

日本語の選択を間違えた篠田が言い淀む。

青山さんが口を開いて言葉を継いだ。

「そうですよー！　今はこんなに懐い……慕っているじゃないですか」

「お前らさぁ……」

こいつらはなぜこんなに俺には失礼なのだ。籠沼さんに対するものとは大違いだ。

俺がこんなに失礼極まりない扱いを受けてるというのに、籠沼さんはくすりと笑った。

「一度他部署のミスの皺寄せが一気に来たことがあって、そのとき新人には重いかなと思ってみんな先に帰ってもらったのね。で、ひとりで残ってたら……宮内君が忘れ物して戻ってきて〝何やってるんすか〟って、ぶすったれた顔で……でも手伝ってくれたんだよね」

「…………」

「あのときからかなぁ、なんか急に普通になったのは、周りにもちょっと柔らかくなったよね宮内君」

「宮内さん尖ってたんですねー！　意外！」

「若かったんですねえ」

ろくでもない相槌を打つふたりをじっと睨みつける。青山さんが紅茶をひとくち飲んであれ、という顔をした。

「この紅茶、変わった香りですね」

「これ、チョコレートのフレーバーがついてるの」

「あ、ホントだ。言われてみればそんな感じ！」

女性ふたりがキャッキャし始めたそのとき、俺のスマホが着信した。ポケットから出して立ち上がる。

「宮内さん、もしかして彼女さんですかぁ？」

茶々を入れる青山さんにぺっぺっと手を振って玄関の外に出た。

電話の向こう側は何やら騒音混じりだった。

「あ、宮内君？　ボク今からカツ丼ギガ盛りチャレンジやるんだけど、来ない？」

騒音を打ち消すどでかい声で大村が言う。

「行かねえよ！　くだらねえことでかけてくるな！」

「いやでも、ホントすごい盛りだからさ、ボクの勇姿を宮内君にも見せてあげたいと……どれくらいかかる？」

「だから！　行かねえっての！」

通話を切ってしばし佇む。なんなんだアイツは。

中に入ろうとすると籠沼さんが扉のすぐそばにいた。

「……どうしたんですか？」

「……宮内君……まだ帰らないよね？」

黙って頷くとそのまま部屋に戻った。

なんだったのかはわからないが籠沼さんはおずおずしてて可愛かった。追いかけて部屋に戻ったときにはまた何事もなかったかのように勉強会の続きが行われていた。

そうして、夜が更けて解散となった。

「篠田君は方向一緒だから、青山さんを送ってあげて」

「よろしくお願いしまーす」

青山さんが黄色い声を上げて、俺は不満げな篠田の顔を見てとても満足した。

ふたりがいなくなって、籠沼さんが大きな伸びをして、ふうと息を吐く。

「宮内君、片付け手伝ってくれる？」

「俺やりますよ」

「え、ありがと……」

片付けといっても紅茶のカップとケーキの皿を下げて洗うくらいだ。酒盛りの後とは違う。段違いに楽だ。俺が洗っている横で籠沼さんが冷蔵庫からビールを出してぷしゅ、とあけて直接ひとくち、ぐいと飲んだ。

「はあ」

籠沼さんは溜息を吐いて、またちょっと笑ってみせる。油断したその表情が凄絶に可愛い。洗ってる間に終電なくなんねえかな。ことさらゆっくりとカップを洗う。裏返して細かい隙間をゴシゴシしたりなんかして。

「本当はさ、」

「はぁ」

「宮内君みたいな人のほうが向いてると思うんだよね……教育係」

「そ、そうっすかぁ？」

俺は御免だ。

「うん。みんなわたし相手だと構えちゃってさ……ちゃんと相談とかもしてくれないんだよね」

「あぁ……」

「失敗をフォローする立場なのに、みんなわたしに失敗を隠そうとするから」

なるほど。言われてみれば確かに。この間も慌てふためく後輩が籠沼さんに見つかる前にミスをリカバーしようとしているところに居合わせたことがあって、その穴埋めをなぜか俺がやるはめになったことがある。

「宮内君……」

「なんすか」

カップの泡を流している俺の背に立った籠沼さんが、唐突に俺を抱きしめた。

ゴトン。

びっくりしてカップをシンクに落とした。幸い割れてはいない。

「な、なんすか」

「ちょっと……こうしてて……いいかな」

「いいすけど……」

本音を言えば正面を向きたい。そのまま超高速で皿を洗い終わり、振り向いて言う。

「か、籠沼さん！」

「うん？」

「今晩泊まって行っ」

「明日早いから、帰りなさい」

籠沼さんの声音はぴしゃりとしたもので、笑顔のくせにそれ以上を受け付けない、ミラクルな拒絶を見せていた。

確かに、明日も早いけれど……けれど……。

今日も失敗。

おにぎりの話

「おにぎり嫌いって、珍しくない？」

会社のお昼休み、天気がよかったので外のベンチでパンを食べていたところ、同期の吉田が現れた。

吉田とは、そこまで親しくない。入社当初は同期で集められてあれこれあったのでそこで自己紹介もしたし顔見知りではあったけれど、配属部署が離れてからは口をきくことどころか、顔を見ることも稀だった。

最近この吉田と私のランチスペースがよくかぶった。私は最初見つけたとき穴場だと思ったので向こうもそう思ったんだろう。最初のうちは会釈だけしてお互い黙って別々に食べていたけれど、四回目の鉢合わせともなって、向こうが声をかけてきたのでちょっとした会話になった。

「吉田、いつもおにぎり食べてるよね」

「そういう国枝はいつもパンだね。たまには米食いたくならない？　一個交換する？」

「私、おにぎり苦手なんだ……」

　──からの会話で出たのが「おにぎり苦手って珍しくない？」だ。

「お米は食べれるんだよね？　具材の問題じゃなくて？　あったためてもダメなの？」

「嫌いっていうか……苦手っていうか……」

「なんで？」

「なんでって……」

　吉田を前に話していたら、あまり思い出さなかった原因の出来事がするすると甦った。そうだ。あれからだ。

「私、小学校五年の遠足に行ったとき、クラスの男子と喧嘩して、おにぎり投げつけたことがあって」

　今はもう、相手の顔もおぼえていない。名字は確か櫛谷。下の名前は忘れた。喧嘩の原因もすぐには思い出せない。櫛谷と特別仲がよかったわけではないと思う。そもそこまで仲の良い男子はいなかった。

　櫛谷は小柄ですばしっこい猿みたいなやつだった。おちゃらけて女子にいたずらをして、それを周りの男子が見て笑う。そういう、ある種の賑やかしのポジションだったように記憶している。

あの頃。発育が早かった私は、それにともなう体の変化に薄い戸惑いを持っていたし、クラスの周りの子たち、特に男子が急に子どもっぽく見えて、よく苛ついていた。

なぜ、くだらないことでげらげら大げさに笑えるんだろう。なぜ、理由もなく人をからかうのだろう。今だと軽く流せるような櫛谷のそれを、当時の私は酷く嫌悪していたし、心底関わり合いになりたくなかった。

だからその日もきっと彼は何か、いつもの彼の行動をして、たまたまターゲットが私になっただけなんだろう。

ぼんやりしながら吉田の顔を見ていたらまた記憶が甦る。

「思い出した」

「え」

「遠足で、下着が透けたの」

「……う、うん?」

吉田は戸惑った顔をした。

下着といっても上。発育が早かったわたしはすでにブラジャーをしていた。そのラインが透けて見えたのを、大きな声でからかわれたのだ。

「それでわたし、本当に頭にきて、食べていたお弁当のおにぎりをその子の頭に思いきり投げて、ぶつけたの」

「そいつ、どうしたの？」

そのときの彼は、いつものふざけた彼ではなくて、彼の頭に当たって砕けたおにぎりを手に持って、悲しそうな顔をした。

私はなんとなく、きっと「何すんだよ」とかそんな返しが来ると思っていたのだ。だからカッとなった頭に冷や水を浴びせるみたいに、その言葉はぶつけられた。

——おかあさんが作ってくれたおにぎり、投げるんじゃねーよ。

彼が言ったのは、それだけ。

途端に母親に対する、食べ物に対する罪悪感がわいた。

だからといってそれと、からかわれたことは関係ない。子どもっぽいかんしゃくと苛立ちは収まらない。それに櫛谷におにぎりのことを謝るのも何か違う気がして、結局その後彼と口をきくことはなかった。

だけど、我に返ると食べ物を投げてしまった後ろめたさは子ども心に強くて、帰宅後、鈍い罪悪感にさいなまれた。母親に正直に言わなかったのもいけなかったかもしれない。せめて誰かに謝って許してもらえていれば、そんなに落ち込まなかったかもしれないのに、私はそれを胸にしまい込んだ。

夜になって布団の中で、私はもうおにぎりを食べる資格なんてないんだと思った。幼かったからだろう。その気持ちは胸にしっかりと根を張って、私は無意識におにぎりを食べるのを避けるようになった。

「吉田見てたら急に思い出した。よくおにぎり食べてるからかな」

「本人だからじゃねーの」

「へ?」

「俺も忘れてたんだけど。同じ経験がある。ぶつけられたほうだけど」

「いや、わたしがおにぎりぶつけた人の名前は櫛谷だよ……」

「今ので疑惑が確信に変わった。俺の中学までの名字、櫛谷。母親が……病気で亡くなって、うちは母親姓だったから、その後色々あって吉田になった」

そういえば、あの日、櫛谷はお弁当を持っていなかった。中学校への進学とともに、転校したのでその後は知らなかったけれど、それは家庭の事情だった気がする。

「そっ……か……」

「いや……」

「ごめんね……櫛谷」

「何が……」

「あのとき……おにぎりぶつけて」

「いいよ。俺が、クソガキだったからだし……」

そう言われても、なんだか胸に悲しいようなモヤモヤが広がってしまい、私は黙った。

隣に座る吉田も黙っていた。

上に広がる高い空を見つめて、あの遠足の日に想いを馳せる。

たくさんの子どもの騒ぎ声。あの日吹いていた風。緑の中最後に食べたおにぎりの味が口の中に広がった。それは塩加減で、少し、しょっぱかった気がする。

「おにぎり……やっぱり、いっこ食えば」

吉田がそう言って差し出してくるおにぎりを、黙って受け取る。

手のひらでその感触をしばらく味わった。

続・無限うどん（※うどんは出てきません）

仕事が終わって、野川と居酒屋にいた。俺の失恋の残念会だった。

新人で入って来た斉藤（さいとう）さんは誰にでも感じの良い子で、挨拶するとき相手の目をじっと見て言う。もちろんのこと俺にだけしていたわけではないというのに、その社交力と分け隔（へだ）てのなさに俺はすっかり勘違いしてしまった。

大学を卒業して四年以上、恋愛とは縁のない生活だった。ここからまた四年くらい平気で経（た）つだろう。俺は少し焦ってもいた。

勘違いかつ焦っていた俺は、交換したメッセージアプリで彼女にキモメッセージを何通も送りつけた。いや、もちろん送ってるときはキモいなんて夢にも思ってはいない。なにしろ恋の熱に浮かされていたから。だからそれは後から客観的に見たときに出た冷静な感想でしかない。

とりあえず、おはよう（はーと）からおやすみ（はーとはーと）までの細やかな挨拶や今現在の自分のしていることや食べたものなどの詳細（今度一緒に食べたいな、などのおぞましい所感含む）それから夜中に書いたポエミーな恋文まで。後から見たら記憶が所蔵されている脳みそのその部分を焼いて消去したい程度にはキモい文章の数々を、何通も大量にしたためた俺のことを、俺は今認識したくない。風に、いや酸素になりたい。

先日彼女が上司に相談して、俺は厳重注意を受けて今、放心状態で薄暗い居酒屋にいる。目の前にはビール。唐揚げ。お通しのもずく。

あ、野川もいた。

「河瀬君、大丈夫？」

「え、あー……ははは……駄目」

「すごい顔色悪いよ……。その、残念だったね……」

「ひハッ」

現実を思い出させる労りの言葉に妙に甲高い笑いで返してしまった。

「野川さんごめんね……こんなキモいやつと飲んでくれて……いい人だね……」

今俺は、振られたことよりも自分の言動に落ち込んでいる。

すっかり卑屈な生ゴミと化した俺を野川は上目で見て、はぁと深い溜息を吐いて黙り込んだ。こいつはこいつで、何か落ち込んでいる。人生色々あるんだろう。でも、何があろうとも絶対俺のほうがゴミだと思う。

「河瀬君、元気出しなよ」

「いや、無理でしょ」

「……だよね」

「恥ずかしすぎる」

「だよね……私なら会社にいられない」

「追い討ちかけるのやめてくれよ……」

「あ、ごめん。正直な感想が……」

えへんと咳払い（せきばらい）をして野川が目の前のビールを飲んだ。

「野川さんはなんでそんな落ち込んでるの？」

「……なんていうか、情けなくて……」

「え、俺より情けないことあったの？」

「いや……」と唸った野川は「そうかも……河瀬君よりよほど情けない気持ちだよ……」

と本当に情けない顔をした。

「まーまー、野川さんはさ、なんか最近垢抜（あかぬ）けたし、もう俺の芋（いも）仲間じゃないし、あれ？　もしかして彼氏でもできたの？」

「できてない……」

「今だったらすぐできんじゃない？　俺と違ってキモくないし、胸もでかいし。あ、失礼」

　不用意な失言を不用意に重ねてしまうくらいには、俺は疲れ切っていた。野川もそれに突っ込む元気もないらしい。

　ふたり揃って「はぁ……」と、どでかい溜息を吐いた。

　野川のほうの事情は知らないが、俺も野川もやけっぱちにどんどん飲んだ。ビールはいつもよりおいしく感じられなくて、その店の唐揚げはやたらベッタリとしていたし、もずくは紐みたいで味がしなかったけれど、ぱかぱか飲んで、食った。

　頭がだいぶユラユラしてきた頃、野川が大きな声で叫んだ。

「わらしは、本ッ当にねー、河瀬君が情けないよ！」

「え、俺かよー⁉」

「あんたしかいないでしょ！　相手にされてないのにニヤニヤと未来の彼女みたいな顔して、こっちは斉藤さんに困ってるって相談されてたんだっての‼」

「だからもうその恥ずか死ねる話はやめてよ！」

「わつしには言う権利があんのらよ‼　ほんっとキモくてグズでバカでゴミで……あー……なのに…………ほんっとバカ……」

　そこまで言って野川は目に涙をためて震え始めた。

「お、おい……いくら俺がみっともないキモゴミだからって、何も泣くことないだろ……」

「ひょえっ」

奇妙な音に言葉を止めて野川を見ると、しゃくりあげて泣き始めた。

「ひょえっ！　ひょえっ！」

「お、おいおい、野川さ……」

そこまで言って俺は慌てて口を押さえたが堪えきれずにブフォッと吹き出した。

「ひょえっ！　ひょえっ！」

野川がものすごく面白い顔で泣いていた。

それを見ていたら最近あった嫌なことを一瞬で忘れるくらいに笑いのツボが刺激された。

顔も音も面白すぎる。俺は声をあげて笑った。

「ひょえっ！　ひょっ！　かーせくん、ひどっぅえっ」

野川が泣きながら恨みがましい目で睨んでくるが笑いは止まらなかった。

野川がひとしきり泣いて、テーブルにうつ伏せて静かになった頃、俺は笑い疲れてちょっと落ち着きを取り戻していた。久しぶりに我に返った気がする。

時計を見るともういい時間だった。

野川が起きないのでとりあえずトイレに行って会計もして戻ると、いちミリも動いていない感じにそこにいた。

なんとか立たせて肩を貸すと野川が起きたのか、よろけながらしがみついてくる。

「うわ、野川さん胸、あたる！」

「るっさいよ~恥ずかしいゴミのくせに」

「いいならいいけど……」

店の外に出たけれど野川が安定しない。相変わらず足元がユラユラしている。

「おい野川さん、もうちょいしゃんとしてくれよ。送ってくから」

「かわぜぐんの、ばがぁ~……ひょぇっ」

「泣くなよ……俺、野川さんが泣くと………笑っちゃうんだって……」

「吐きそう……」

「えっ」

咄嗟（とっさ）に体を離そうとしたらますますしがみつかれた。

「嘘だよぉ~」

「なんでそんな嘘を……野川さん……本当にどうしたの」

「ふぉい、ゴミ野郎！　お前んちつれてけー」

そっちのほうが近いし楽なのでそうすることにした。

見慣れた薄汚れた部屋に入ると野川が俺の腕を抜けてふらふらと歩き出し、ベッドにぼすんと倒れた。しばらく見ていたが反応がない。

「寝たか……」

俺も床に適当な毛布を出して寝転んだ。

妙に目が冴えてしまって、暗い天井を見上げる。

「ひょえっ……」

小さな音が聞こえて闇に溶けた。

＊＊＊

朝になって目が覚めたときには、ここ数日の頭のぼんやりからようやく抜け出せた気分だった。昨日大笑いして寝たからかもしれない。大きく伸びをしてベッドを覗き込む。

野川はまだ眠っていた。

見ていたら不思議と食欲が湧いてきた。うどんが食べたい。

野川は不思議なやつだ。自分と似たようなモサい空気感を纏っていたからか、最初に会ったときから異性と接する緊張感がなかった。

なんとなく、どんどん身綺麗になっている気はするけれど、やっぱり野川は野川だった。こういうやつと付き合えたら、気を張らず楽で楽しいだろうな。まぁ、向こうは嫌だろうけど。というか、俺のようなやつはあと十年くらい恋愛なんてしないほうがいい気もする。周りが迷惑だ。

そんなことを考えていたら野川の目が開いた。

「昨日は野川さんのおかげで元気が出たよ。ありがとう」

「う……ん？　そお？　もう、へいき？」

眠そうに目を擦（こす）りながらも野川は返事をした。

「うん」

「ほんとに？　引きずってない？」

「ほんとほんと。次は野川さんのようなやつを好きになることにする」

きっと「ふざけるな！　キモいわ！」とか言って怒るだろうと思っていた野川の目が、さらに開いた。

まずい。これはきっと冗談じゃすまない感じの拒絶だ。慌てて謝ることにする。

「……えっ。ごめん。キモいこと言ってごめんなさい」

「お、お願いします……」

「え」

「よろしくお願いします」

「え」

その日、初めて野川が女の子に見えた。

さかな・とり天・クリパ

　クリスマス数日前、俺はクラスの女子から話しかけられた。

「クリスマスパーティなんだけど、阿部の家でやれない？」

「へ？」

「いやあ、やっぱ二十人以上となると普通の家はみんな駄目でさー。阿部んちでできないかなって」

　そのパーティはもともとはみんなが食べ物や飲み物を持ち寄って適当にどこかの家で行う予定だった。小規模に企画されたそれが別の小規模な同じ企画と融合合体を繰り返し、気がついたらクラスの半数と他クラスの少数を巻き込む大会合へと進化してしまったのだ。主催ではないが、一応俺も参加予定だった。確かにもう一般家庭に収まるサイズではないだろう。

「ああ……聞いてみるよ」

「わー！　お願い！」

スマホをポケットから出して、もう一度確認するようクラスメイトの顔を見る。

「本当にいいんだな？　うち魚屋だけど」

「いいよいいよ。助かる！」

海沿いの街、海沿いの家。うちは干物をメインで売っている。魚屋だ。

一応中で食べるところもあって、定食屋でもある。夜には地元の人が来てお酒を出したりもするので、居酒屋でもある。

件（くだん）のパーティはクリスマスイブのお昼にやる。廊下で家に電話して店を開けるのかどうかを聞いた。

「夜からは予約が入ってるから、それまでなら貸し切りにしていいって」

「やった！　助かる！　ありがとね！」

主催と話して買い出しを止めてもらって、飲み物と数種の食べ物はうちで用意することにした。予算を話し合って、いつのまにか主催側にひっぱりこまれていた。

＊＊＊

当日、十二月二十四日。十一時。

店は貸すが、料理の類いは自分でなんとかしろと言われてしまったので、早めに準備をしていた。これはもう絶対呑気に楽しめないやつ。好きだからいいけど。呑気じゃない方向で楽しむからいいけど。なんだかんだ、夢中になって包丁を使って、鍋を覗き込む。

「こ、こんにちは……」

店の扉が開く音がして、厨房から入口を見ると三芳和がいた。

「あれ、まだ早いよ」

「え、あ、と、あの、でも十一時からだよね？」

そう言って目の前に来て、慌てたように見せてくるスマホにはきちんと『一時から』と書かれていた。

「ごめん……かっ、かんちがいしてた！」

「どうする？　一旦帰る？」

「あ、あー、どうしようかな。ここで待っててもいい？」

「いいよ。俺準備してるから、適当に座ってれば」

三芳は大人しい子で、普段は集団で話していても、ほかの女子の後ろで控えめに笑っている感じの子だった。

可愛くて気が強くなくて、ちょっと人見知り。

そんな彼女は実は、クラスの中心にいる声の大きな女子や、お洒落でメイク術に長けている女子より多方面から満遍なく男子にモテる。目立つのに、いかにもな陽キャさがないので女子にあまり免疫がない男でも話しかけやすい雰囲気があるのだ。

　そういうタイプの女子が付き合う男は大まかにはふたつのパターンがある。

　ひとつはまぁ、わかりやすく肉食でガツガツした男、女の子が萎縮していても自分からガンガン話しかけて、冗談を言って笑わせる。このタイプの男は嫌がられさえしなければ、最初から異性として意識されているので簡単に付き合ったりもする。

　もうひとつのパターンは妙に男臭さのない、穏やかなやつ。不細工というわけではないがカバみたいな雰囲気で、普段はさほどモテない。しかし警戒心を起こさせにくいのか、意外と女友達が多い。それもさほど男慣れしていない、普段大人しくてあまり男と話さない子ばかりだ。こちらのタイプはほとんどは進展がないが、そういった子たちとすんなりと関わりを持った後、なんとなく付き合ったりすることがごく稀にある。

　勝手な推測だし他パターンもあるのだろうが、俺が一年生のときにごく狭い範囲を観測した限りではその二種類が多かった。

　ちなみに俺は、そのどちらのタイプでもない。女子ともほどほどに話すけれど、がっつきが足りなくて進展はしない。特別大人しくもなければ弾けてもいない、まぁ普通のやつ。本当は俺みたいなタイプこそ頑張らないと彼女はできないと思う。

　三芳は椅子に座ったまま手持ち無沙汰にスマホを出していたけれど、やがてそれをポケットにしまい俺の近くに来て、声をかける。

「阿部君、ほ、包丁使うのうまいね……すごくいい音」

「まぁ、いつも手伝わされてるからな」

クリスマスだというのに、目の前の皿には刺身が盛られていた。あとは焼き魚、煮魚。サラダは魚のカルパッチョ。一応主催がケーキは買ってくるらしいが、それ以外は魚まみれだ。うちを会場にしたのだからそこらへんはもう諦めてご賞味いただきたい。

三芳は俺の手元をまじまじと見つめてくる。

「すごいね……」

「せっかくだから三芳もなんか手伝う？」

なんの気なしに言った言葉に三芳が慌てた表情で手のひらをぱっと前に出して反応した。

「実はわたし、料理すっごい苦手で……」

「料理苦手って、俺あんまわかんないんだけど……作り方の通りにやるだけなのに何をどうやると失敗するんだ？」

「うーん、あのね、昔やろうとしたとき手を切っちゃって……包丁が苦手で、ちょっと怖くて、だからすごく遅いし、形もうまく切れないし……」

「へえ……意外だな」

もしかしたらかなり幼い頃にやろうとして失敗したことで苦手意識がついてしまったのかもしれない。今やれば案外できそうだけど。

しかしなんとなく、見た目から勝手に料理好きなイメージを持っていた。クッキーとか焼いて配ってそうな感じ。

「意外かな？　わ、わたし、将来は料理できる人と結婚するんだ……。その代わり自分は外でバリバリ働いたりする……よてい……なの」

「……意外」

手元の作業に半分集中しながら話を聞く。

店側にいたはずの三芳の気配はいつのまにかこちら側に来ていた。

「阿部君、よくお店手伝ってるよね。……わたし、中学のときによく家族で来てたんだよ」

「え、そうなんか」

思わず顔を上げる。

知らなかった。厨房が見える造りとはいえ俺はホールに出ないので、普段からあまり気にしていない。

「だから本当は、その頃から知ってたんだ」

「そうだったのか」

手元に視線を戻す。気配がさらに近づいた。

「何作ってるの？」

「とり天」

しゃべりながら衣の付いた鶏を油に投入する。じゅわっと油に沈む音が好きだ。透明な油がそこだけ泡立つのも好きだ。

「とり天……？」

「鶏の天ぷら。この辺ではあまり見ないけど。俺はこの間食べて、うまかったから今日はそれにした」

「クリスマスだから？」

「て、わけでもないけどさ……魚ばっかだし、一応肉もと思って」

「あぁ、そっかあ」

ふたりで油の中をじっと見つめた。

それは見つめているうちにどんどん色を変えて、変化していく。さっきまで素材だったものが料理へと形を変えていく。

こんがりと綺麗な色に揚がったそれをひとつ菜箸で摘んで持ち上げる。

「食べる？」

「……っ、食べたい」

「からしポン酢で食べて。うまいよ」

小皿にからしとポン酢を用意して置くと三芳がとり天を箸で持ち上げて小皿に浸す。

「熱いかな」

「熱いと思うよ。気をつけて」

三芳はそれをじっと、こわごわと見つめていたけれど、えいとばかりに口に入れた。熱いんだろう、空気を口に入れようとするような、はふはふとした感じにそれを噛みちぎって、口の中で味わっている。

「おいしい」

三芳が本当に嬉しそうな顔で言うから思わずこちらも笑顔になった。

「まぁ、みんなはいわゆる唐揚げのほうが好きかもしれないけど、俺はこれ好きだから」

「わたしは唐揚げより、こっちのが……す、すき」

「本当に？　意外だな」

「なんか今日それ、たくさん言われるけど、わたしのイメージそんなに違う？　どんなだったの？」

「……大人しくて、わりと料理好きで、結婚したら主婦になる感じ」

三芳がとり天の残りを食べながら苦笑いして聞く。俺はまた料理に半分意識を戻した。

「今は、まだそっちに近いかも……だけど……」

「あ、それから、とり天より唐揚げとケーキが好きそう」

「わたし、ケーキ苦手。生クリームがちょっと」

「え、本当に？」

「ま、また意外そうな顔して……！」

「ちょっとイメージが先行してたな」

「もうひとつ、阿部君が驚くこと言おうか」

「なに」

「わたし、今日の時間、一時って、本当は知ってた……」

顔を上げたとき、三芳はものすごい至近距離にいて、顔を赤くして俯いていた。

さかな・とり天・裏

お父さんはわたしにいつも「おまえは可愛いから、将来は稼ぎのある人と結婚して、なるべく楽に暮らせ」と言う。

お母さんはそれに対して「旧時代的」と言っている。うちは共働きで、お母さんは平気と言うけれど、体が弱いからしょっちゅう辛そうにしている。仲は良いからお互い思うところがあるんだろうけれど、高校二年生のわたしとしては、そんな将来の稼ぎがどうとかよりも好きな人と付き合いたいというのが切実なところだ。

社会人のお姉ちゃんはわたしから見ても綺麗な人で、お父さんの教えを忠実に守ろうと日々奮闘（ふんとう）している。が、惚（ほ）れっぽいので好きになるとその目指す教えはすぐにどこかにいってしまうらしく、お金がないだけならまだしも、性格的にも難がある相手とばかり付き合っている。酸（す）いも甘いも噛み分けてるらしいけれど、わたしから見ると酸っぱい顔ばかりしているように見える。

大学生のお兄ちゃんは顔がいいのでモテる。でもモテるがゆえに股がけしたりする、たぶんかなり酸っぱい物件だ。

小六のときから家族みんなでよく通っている店があった。

そのお店はみんなでお腹いっぱい食べても安くておいしい。

お姉ちゃんが最初に気づいた。

「あの中にいる子、あんたと同じ歳くらいじゃない？」

学区の境目だったので学校にはいない子だったけれど、確かに、クラスの男子と同じくらいに見える。それが阿部君だった。

最初のうちは洗い物をしたりしていたのが、しばらくしてから行くともう包丁を握っている。見てても器用な手つきで、楽しそうだった。わたしも影響されて、お家で料理をさせてもらったけれど、ぜんぜんうまくできなくて、怪我をしただけだった。

彼がお手伝いで動いているのを眺めるのは本当に楽しくて。わたしはおいしいご飯のほかに楽しみのあるそのお店が大好きだった。

だから高校で彼が同じ学校にいることに気づいたときには本当に嬉しかった。

しかし、クラスは違ったので、まったく話しかけるきっかけはなく、廊下を通るときに眺めたりしていたら一年間は終わった。

阿部君は他クラスや他学年の人にも知られていて、お店の人として声をかけられたりしていたので、完全にわたしの行動力、社交力不足だった。

その間、わたしが他の男子と全く縁がなかったといえば嘘になる。よく話しかけられた、それもいわゆるモテるタイプに。

わたしは、気軽に女の子に声をかけてやたらと恋愛方向に発展させたがる、ちゃらちゃらした男子が苦手だった。こっちが引いててもしつこく話しかけてきて、つまらない冗談を言って自分で笑っている。お愛想で笑ったりすると得意げにする。そんなときなんだか負けた気がして悔しい。

高校二年になって、わたしはめでたく阿部君と同じクラスになれたのに、状況はさほど変わらなかった。わたしのような人見知りだと、向こうから声をかけてくる男子とばかり話すことになる。

一度、超積極的な男子に家にまで来られてお姉ちゃんに帰してもらったことがある。お姉ちゃんはその人を撃退した後に奥から出てきたわたしにお説教をした。

「和、ちゃんと自分ではっきり断りなよ」

「え、だって……無理だよ。あの人わたしが話すの聞いてないもん。話す隙もないっていうか……」

顔をしかめて弁解するとお姉ちゃんは溜息を吐いた。

「和はさ、ほら……たくちゃん、ああいう子と付き合えば？」

「えぇーいやだあ」

たくちゃんは幼稚園から一緒の幼馴染み(おさななじみ)で、親が地主のお金持ちの子だ。彼は普段そこまで目立つほうではなく、気の強い陽キャの男子とはあまり群れないし話さない。けれど、穏やかで大人しい子相手には男女分け隔てなく話す。わたしも話しやすくて、世間話なんかをしたりはする。でも、たくちゃんにはドキドキしない。お父さんの教えを目指す気にはとてもなれない。

「姉貴。こいつ阿部さんとこの坊主が好きなんだよ。いつもジロジロ見てるじゃん」

「あー、あの子ねー」

いつのまにか玄関先に出てきていたお兄ちゃんが口を挟む。お姉ちゃんはうんうんと頷いて、わたしを見た。

「あれはなんていうかさ、仕事のバリバリできる女に押されて結婚するタイプよ。押しに弱くて、自分からはなーんもしない」

「え、えぇ！　なんで。阿部君女子とも話すよ」

お兄ちゃんまで頷いて言う。

「そりゃ家が客商売だから人馴れしてるんだろうけどさ、鈍そうだ。男も女もお客さん感覚で特別意識してないだけだろ」

ショックをうけた。脳内でわたしの決死の告白に気づかず「毎度ありがとう」と微笑む阿部君が浮かんだ。

それでも、わたしは阿部君がいい。

このことがあって、逆に気持ちは強固なものへと変化した。阿部君がそういうタイプに落とされるのなら、わたしがそういうタイプになればいい。

＊＊＊

クリスマスイブの日、わたしは阿部君に猛攻をかけた。

直後にクラスメイトが入ってきてしまったけれど、自分にしては頑張ったと思う。少しは意識してもらえるようになったのではないだろうか。

夕方家に帰ってお姉ちゃんに報告した。お姉ちゃんは出かける準備をしていた。

「え、あんた馬鹿ね。外でバリバリ仕事してどうすんの。あの子明らかにお店継ぐタイプでしょ。一緒に手伝えたほうがいいんじゃない？

ほ、ほんとだ……。

「てっ、訂正してくる！」

「俺が出るついでに送ってやるよ」

お兄ちゃんがバイクのキーを片手に割り込んできた。彼は冬だというのに胸元が開いていて、キスマークが覗いている。それで次の女に会いに行ける神経がわからない。

「ていうか和、もうちょっとはっきり告白したほうがいいぞ。俺なら流してキープして付き合わず弄(もてあそ)んで楽しむ物件だぞ」

さすが、クソ男の言うことは危機感を煽(あお)る。

「い、いや、阿部君はそういう人じゃないから！」

そして、お店を手伝っている阿部君を訪ねた。

呼び出すとびっくりした様子でなぜだかとり天を手に握りしめて出てきて、わたしの後ろにいるお兄ちゃんを見て叫んだ。

「うわ！　駄目だよ！　騙(だま)されてる！」

パン交換

「愛美(まなみ)、今日のお昼ここに置いておくよ」

お母さんにそう言われてテーブルを見ると五百円硬貨が一枚置いてあった。これは正確にはお昼じゃなくてお昼代。いつものこととはいえ、少しだけ期待して損(そん)をした。

「私、育ち盛りだから、こんなんじゃ足りないよ」

「足りない分は自分でね」

本当は足りないことはない。そんなに食べないから。五百円でもパンをひとつとパックのジュースを買うだけで、いつも余らせてるくらいだ。だからその文句はただのあてつけだ。お母さんもわかっているから相手にしない。

登校途中、高校近くのコンビニに入って目についたクリームパンとオレンジジュースを買った。選ぶのも面倒だし、大体いつも似たようなものを買っている。

お昼にいつも一緒に食べてる友達が部活で呼ばれていった。クラスの雰囲気は悪くないからよそのグループに混ぜてもらってもいいのだけれど、ふと窓の外を見て思いつく。

今日、屋上が開いてる日だ。

行ってみると、高いフェンスに囲まれたそこは予想通り賑わっていた。

早々に食事を終えてボール遊びに興じる男子数人。端のほうに女子の集団。何組かのカップルもいて、そのうちひと組の男子が女子の持つサンドイッチに向けて口を開けて「あーん」とアピールしている。女子は「恥ずかしいよぉ」などと可愛く恥ずかしがっていた。

「お、山伏(やまぶし)」

入口近くにクラスメイトのマイペース男子を発見して声をかける。彼はフェンスにもたれて座り、ひとりでスマホをいじっていた。傍らにはコンビニのビニール袋があった。こいつのお昼だろう。

「お、ひとり?」

「うん」と頷くと、ガラガラの隣を空けるように腰をずらす仕草をしたので自分のビニール袋をぽんと下に落として隣に座った。

こいつとは話さない仲でもない。というか、山伏は無口なわりに社交的な空気感の持主で、聞き上手なのか非常に話しやすいやつだ。だから結構誰とでも話す。そのわりに特定の誰とも仲良くならないからこうやってひとりでお昼を食べていたりする。まぁ、なんだろ、そういう自由なやつ。食べる相手のいないお昼の暇つぶしにもってこいの相手。

空が青い。

「恥ずかしいって言ってんだろこのタコが！」

「あだッ！」

見るとさきほど「あーん」をやっていたカップルの女子がキレていた。

それを見るともなしに視界に入れながら傍に置いたビニール袋をほとんど見もせずに探り、中のパンを開封し、適当に口に運ぶ。つられたように山伏も同じ動きをした。

「ん？」

口に入れて思う。

あんこだ。

隣から「クリーム……」と聞こえてきて、そちらを見ると山伏が、今朝私が買ったクリームパンを食べていた。

なんとなくいつも選ばないけど、あんこも悪くないな。

まじまじと袋を確認する。

つぶあん。おお、ますます選ばない。でも、結構いける。何か新鮮。

そのまま袋の中に入っていた飲み物のパックにストローをさして飲む。こっちは、牛乳。

牛乳とあんぱん。

張り込み中の刑事かよ。

でも、相性抜群だ。黙って全部食べて山伏を見ると、私の買ったオレンジジュースをちゆうと飲んでいた。

＊＊＊

次の日はチーズバーガーにした。飲み物はリンゴジュース。

屋上に行くとまさかの二日連続で同じポジションに山伏が鎮座（ちんざ）していた。

これは、と思ってニヤニヤ笑いながらパンのビニール袋をぽんと放って、素知らぬ顔で隣に座り込む。

同じコンビニの袋。そんなにべらぼうにうまいものは売ってないのはわかっている。でも、わくわくした。山伏は今日、何を買ったんだろう。

山伏が私のビニール袋を素知らぬ顔で取ったのを横目に、私も彼のビニール袋を開けた。

お、焼きそばパン。

山伏は私がなんとなくでは選ばないパンを買う。

「チーズバーガー……」

隣から山伏の気の抜けた声が聞こえた。

焼きそばパンも、思っていたよりおいしかった。理由もなく食べずにいて損したと思う新鮮さだった。

＊＊＊

次の日は屋上が開いてなかったので、山伏の席に行ってビニール袋を机に置いた。

彼は一瞬びっくりしたようだったけれど、「ん」と頷いてリュックから自分の買った袋を取り出す。

その日はカレーパンだった。

どこまでも私の普段食べないメニューを選ぶ彼にはハムたまごサンドが進呈された。

もともと好き嫌いはそんなにない。特別食べたいものもないのでなんとなく惰性で似たようなのを日替わりで選んでいた。自分のメニューを誰か別の人が選んでくれるだけでちょっと楽しくなる。

カレーパン。カレーにはご飯だろと思って意味なく避けてたけど、おいしいじゃん。

一週間を超えたあたりから意識が変わってきて、いつもより真剣に選ぶようになった。

お、このスモークサーモンとクリームチーズサンド、おいしそうだ。いつもならお金を余らすために買わない金額のそれを購入。

あとあいつ、細身で栄養足りてなさそうだから野菜ジュースにしとくか。無駄に栄養バランスを考え出す。

わくわくしながらお昼を待って、渡された自分のほうを開けると苺サンドとミルクティーが入っていた。それを見てなんとなくニヤついた。

次の日も私はコンビニのパンコーナーですっかり考え込んでいた。

と、少し離れたところに同じ制服が突っ立っていて動かない。見ると山伏だった。

「お昼買うの？　決めた？」

「うん、俺は決めた、かな」

「あ、見ないようにする！　私まだだから」

「うん、じゃあ俺行くな」

いつも三分もかからなかった買物がずいぶんと長考するようになった。少しでもおいしいもの。変わったもの。新商品。似たようなものが続かないように。飲み物との組み合わせも。


そうして、一か月ほど、私と山伏のパン交換が続いたある日。

「お昼、テーブルにあるから」と言われて見ると、買ったきりほとんど稼働していなかった私のお弁当箱が置いてあった。

「いつも忙しいお母さんが珍しいねぇ」と嫌みを言ってそれを鞄に入れる。お母さんは呆れた顔で溜息を吐いたけれど、「たまにはやるんですぅ」と私のおでこをつついて応酬した。

さて、どうしよう。

もともとお弁当に執着があるわけじゃない。お弁当じゃない子なんてたくさんいる。ただ手を抜かれてる感じが嫌で、むくれてみせていただけだ。お母さんのお弁当はおいしいと思う。だから私はなんの気なしに、山伏にも食べさせてあげたくなった。

お昼にお弁当箱を山伏の机に持っていくと彼が顔を上げた。

「これ、どうしたの」

「え、と、今日はあった。まぁ、明日はまたパンだと思うけど」

そう言って彼のビニール袋を手に持った。そのまま、友達と別の場所で食べようと扉のところまで行ったところで肩を掴まれた。

「間違えてるよ」

山伏が弁当箱を返してきた。

「これ、俺のじゃない」

それだけ言って彼は自分のパンをとりかえし、その場を去った。

当たり前の指摘。それは一か月前にクリームパンとあんぱんを間違えたときに言ってくれるべきだった。

山伏に弁当交換拒否された。

見ていた友人にこぼすと、「人んちの弁当は食べたくない人なんじゃない？　ほら、ちょっと気分的に潔癖よりの」と言われた。

あぁ、と一瞬納得しかけたが、よく考えたらおかしい。私は山伏がクラスメイトの男子から、持主が苦手で食べたくないという煮物をもらって食べてるのを見たことがある。「うまいじゃん」とか言ってた。

次の日にまたビニール袋持参に戻った私を見た山伏が来て、黙って自分のパンを置いて私のパンを持っていった。

なんとなくもう交換はあのままなくなると思っていたので、今日は雑に選んだクリームパンとオレンジジュースだった。

山伏の持ってきたほうには明太ポテトフランスと苺の飲むヨーグルト。デザートのプリンまでついていた。

山伏が私のお弁当を食べるのを拒否した理由を少し考えてみたところ、彼の発した「これ、俺のじゃない」が全てではないかとの結論に達した。

あれは確かに、山伏のではない。私用に作られたものだし、私が食べるべきものかもしれない。だけど、あの日なんだかしみじみ食べたお弁当はやっぱりおいしくて、よけいに山伏に食べさせたくなった。

そうして、ちょっと思いついてしまった。

＊＊＊

「はい」と言ってお弁当箱を差し出すと、山伏は顔を上げた。

「これは、俺のじゃない」

「いや、これは私が朝自分用に作ったから、あんたの。おいしいか、微妙だけどね」

山伏は目を丸くしてぱちぱちと瞬く。

それから、「じゃあ、俺んだ」と言って笑った。

夏のカレー・昆虫の舞

暑い夏の夕方。

チャイム連打のあと、ドンドンドン、1DKのボロアパートの扉を叩く音がする。

「ねーちゃん！　ねーちゃん！」

誰だかはわかったけれど、とても開ける気力はない。布団を被(かぶ)って目を閉じる。

ガンッ、ガンッ！

強い音がし始めてバッと顔を上げる。

「ちょ、ちょっと！　ドア蹴らないでよ！　賃貸なんだか」

「ら」の音で開けた扉の外には思った通り血の繋がった弟がいた。

「お盆(ぼん)に帰るって言ってたのになんで帰んねーんだよ。関係ないオレが根掘り葉掘り聞かれただろ。答えようもねーのに」

六つ下で大学一年生の弟はひとつ隣の駅でひとり暮らしをしているけれど、予定通り帰省したらしい。少し遅れて帰ると言って結局帰らなかった私を心配したのか責めにきたのか。

「す、すまんね。ちょっと気力がなくて……」

かすれ声で風邪を装う私に弟はちらりと目線を走らせて、溜息をひとつ。

「どーせ男に振られたとかだろ」

「………」

「当たり？」

一発で当てられて遠い目になる。そういえば弟は昔から他人のちょっとした変化に目聡かった。近所のおじさんがほんの少し髪を切っただとか、母親がちょっと風邪気味だとかにもよく気づいた。その昔姉である私の外泊についてひとりだけ嘘を見抜いたのもコイツだった。かなり入念にアリバイ工作したのに。表情と声音でバレるとか。

「振られたくらいでそんなゾンビみたいな顔すんなよ。適当にしてりゃそのうちなんとかなんだろ」

一年と十か月付き合っていた彼氏との終わりは無駄に疲れるものだった。

といっても修羅場があったわけではない。

終わりの頃には向こうにそんな気配を濃厚に感じつつも、直視できない感じで、いつ切り出されるのかと毎日がロシアンルーレットだった。その状態で二週間目、ようやく優しくてはっきりものを言うのが苦手な彼が別れの言葉を吐き出したそのときには、やっと来たと、よく言えたねと一瞬ほっとしたような感覚すらあった。

　モヤモヤした恐怖から解放された気になったのは一瞬で、その晩、あれ、私、振られたんじゃないかとはたと気づく。ほかに！　ほかに好きな女ができたって言われて！　なんだそれ！　何度も悪夢の予感だと思ったあれはついに現実となった。

　どこかで杞憂に終わればいいと思っていた。だから杞憂に終わったバージョンの現在を妄想して、胸の痛みを癒す。あんなことがなければ、今頃いつも行くレストランでご飯食べたり。次の週末の予定を打ち合わせたり……そしてまた現実を思い出す。

　そんな死人に鞭打つような不毛なことを自分で繰り返しているうちに猛烈な喪失感に襲われ起き上がれなくなった。私という死体は私に蹴られ続けてズタボロだった。

　実家になんてとても帰れない。クソ田舎では近所の人が悪気もなく挨拶がわりに結婚はまだ？　とか聞いてくる。今そんなの聞かれたら吐いちゃう。

　あぁー好きだった！　私、あの人と結婚したかったー！　したかったよぉおおおおーーーー!!

　帰省のためのお盆休みはショックで寝込んでいるうちに過ぎていった。ショックで寝込むとか、本当にあるんだな。

　抜け殻となった私は週末性懲りもなくひとりの部屋で、今度は彼との出会いからイベント、ハイライトシーン、クライマックス、エンディングまで、映画のように脳内シアターで再生し続けた。そこに横槍が入って訪れたのが弟というわけだ。

「来生はー？　あんたはどうなの？　彼女とかいんの？」

「オレ？　オレも最近振られたばっかりだよ」

「え……そーなの？　悲しくないの？」

「悲しいよ。ねーちゃんみたく大げさに絶望しないだけで」

「その言い方……」

「カレー食べる？」

「え？」

「かーさんが野菜持ってけって、めちゃくちゃ重いのに持たされたからさ。ひとりじゃ食いきれない。キッチン借りるよ」

弟は百貨店の紙袋を持って、そこらじゅうに落ちているゴミをかき分け部屋の奥に進む。

「ねーちゃん炊飯器洗ってねーな」

紙袋から野菜を取り出す弟の背中に声をかける。

「ねえ、どんなだったの？」

「なにが？」

「あんたの彼女」

「……………」

「ねえ」

「どんなって言われても……性別は女だよ」

「だーかーらー、どんな女の子だったの？」

「普通の人だよ。いいだろそんなこと。もう終わったんだから」

私は弟に彼女がいるのを知らなかった。初耳だった。

ついこの間まで、自作のおしりダンスを見てくれとしつこくせがんできていた弟。ついこの間というほど最近でもないが、面影は消えない。そのおしりダンスに、いつの間にか彼女ができてたなんて。

「どこで会ったの？　大学？　サークル？」

「大学は一緒だけど、会ったのは駅前」

「へ？」

「ちょっと具合悪そうにしてたとこ助けた。助けたっても、大したことしてないけど」

「あんたが？」

「ほん」としか聞こえない返事をして弟がにんじんの皮を剥く。

「どっちが告ったの？」

「オレ」

おしりダンス、面倒臭くて放置してたらちゃんと見ろって号泣されたときの顔がよぎる。

「なんで別れたの？」

「んー、よくわかんね」

「ちゃんと聞いた？」

「聞いたけど、いいだろそんなこと」

「聞きたい！」

弟はしばらくにんじんをおぼつかない手つきでさく、さく、と慎重に切っていたけれど、やがて小さな声で言った。

「……オレのこと好き過ぎて駄目なんだって」

思わず吹き出した。何言ってんだこいつ。

「……だから言いたくなかったんだよ」

「だってさー……なーんそれ」

「オレが普通にしてても、ほんのちょっと女の子と話しただけで泣きそうになってしまうんだと。そんな自分が嫌だし、苦しい。もう無理なんだって」

「あんたそんな不安を煽る男なの？」

「いたってふつーだけど」

おしりダンスの次は昆虫の舞だった。

「ピーヒョロヒョロヒョロ」と奇声を発しながら、なぜかおしりを半分出して畳の部屋を舞い踊る弟の姿は、つい昨日見たことのように鮮やかに思い出せる。

「それ、本当はほかに好きな男できたんじゃないの？　言い訳じゃないの？」

「そんな感じには見えなかったけど……」

弟は包丁を持つ手を止め、しばしあらぬほうに視線をやって考え込む。最後の彼女の姿でも、思い出しているのかもしれない。

「オレといると自分がどんどんヤバくなるから嫌なんだって」

「その子恋愛するたび毎回そんななの？　よく生きてこれたね」

「こんなのは初めてだって」

「あんたそんなんで納得できたの？」

「オレもかなり粘ったけど、気持ち変わんないみたいだから……」

「嘘でしょそれ。ほかに好きな男できたんだよ」

「まー、それでもいいよ。どっちにしろオレとは一緒にいらんないんだって」

つい先日、別れた事実を現実と認められず、どんなあくどい方法を使えばあの人が戻ってくるのか考えてはさめざめ泣いていた私には信じ難い理由だ。本当にそんなやついるのかよ。思春期かよ。

けれど、人の感情の機微に敏感な弟が嘘ではないと言っている。もしかしたら本当のことなのかもしれない。もし本当なら、おしりダンス昆虫の舞が、そこまで異性に愛される存在に成長していたとは、感慨深い。

　トン、トン、さく、さく、と玉ねぎを刻んでいた弟の目がほんの少し潤んで、失恋とは無関係とわかりながらも可哀想になってしまう。

「ねーちゃんは？　なんで振られたの？」

「ほかに好きな女ができたんだと」

「ふうん。そりゃしょうがねーな」

　瞬間的にカッとなって、うぎゃあと叫びながら枕を床に投げ捨てた。こいつぜんぜん可哀想じゃない。腹立たしい。同じ振られなのに、理由が負けてる気がする。

　弟が鍋に玉ねぎを放り込んで、じゅわっと音がした。やがて、野菜が炒められている甘い匂いがしてきた。

　会話がなくなると、また元彼のことを思い出して泣きそうになる。

　ぼんやり視線をうつろにさせているとやがて、「ねーちゃん、食べよ」と声が聞こえて折りたたみ式の小さな赤いミニテーブルの上にカレーの皿がふたつ、のっていた。カレーの匂いが部屋に充満している。そして、カレーの匂いというものはいつどんなときも食欲をそそる。

　小皿にらっきょう。この形は実家で漬けたらっきょうだ。コップのお水も添えられている。

「ねーちゃんさ、この部屋エアコン効いてる？」

火を使っていたから余計に暑いのだろう。ティーシャツの胸のところをパタパタさせながら弟が苦情をこぼす。

「木造だからね。こうも暑いと効きは悪いよ」

「あー……」

ふたり揃って汗だくでテーブルについた。

妙に息の合った、同じトーン、同じテンポの「いただきます」を同時に言って、同時にスプーンをかまえる。

ひとくち食べてすぐわかる。

「……あんたこれ、実家のカレーだね」

「うん。段ボールに材料全部入ってたから」

「お父さんがいるわけでないんだから……」

「なんとなく」

カレーというのはどこの家でもカレーだとは思うが家庭によってほんの少し差異があったりする。我が家のカレーはお肉が苦手で食べられない父のために、肉なし、代わりに油揚げと豆がはいっている。基本甘口。いつも同じメーカーのルウ。

スプーンにすくってまたひとくち。

思ったよりお腹が空いていたみたいで、胃袋に染みる。口を大きく開けてカレーライスを頬張って、突然謎にこみあげた涙と共に嚥下する。

水を一気に飲んで、らっきょうをボリボリ齧る。らっきょうって、失恋と不似合いだ。

また、甘口のカレーを頬張る。実家の味がした。

ふいに実家の食卓風景が浮かび、霧散する。

やっぱり帰ればよかったかも。お母さんに、会いたいかも。

実際会うとうんざりするんだけどね。

「ねえ来生」

「んー？」

「おしりダンス、踊ってくんない？」

「は？」

「……昆虫の舞でもいい」

弟は顔をカレーの皿のほうにやったまま、上目でこちらを見て「やだよ」と言って、小さく笑った。

茶谷（ちゃたに）教授の秘密

茶谷教授はご近所の人だ。

この茶谷教授は本当に教授なわけではない。彼がなんの仕事をしているかを、私は知らない。ただ、背が高くてボサボサの頭に眼鏡と、大体ほつれた黒のセーター、人の良さそうな顔などから私が勝手に連想したにすぎない。実際三十代前半に見えるので教授というにはまだ若い。ただの雑なイメージだ。

私は大学に入るおりに地元を引っ越して、もう十年間この町に住んでいたけれど、二年ほど前から近所で目にするようになった茶谷教授とは行動範囲がとても似ていた。

たとえば私が休日の午前中にお花が綺麗な公園に行ってぼんやりしていると、茶谷教授が少し離れたベンチに座って陽にあたっていたりする。

夕方になってご飯を食べようと近所の定食屋に入るとそこで彼が先に食べていたりする。図書館の帰りに歩いていると、コンビニ帰りの彼が同じ道を歩いていたりする。

最初のうちはもちろん知らん顔をして歩いていたけれど、遭遇率（そうぐうりつ）が上がるにつれて軽い会釈などをするようになり、そのうちに名前を交わし、ぽつぽつと話をするようになった。

「こんにちは」というその声は明瞭で、とても穏やかだ。

「肘岡さんもお散歩ですか？」

「はい」

名字しか交換していないので、会話に広がりもない。彼はその辺を詮索してこなかったし、私としても個人情報の扱いが繊細となった昨今にむやみに仕事や年齢、結婚の有無を詮索する気にはなれない。だから彼は、私の中で勝手なイメージで三十代未婚の教授だ。

私も彼もおしゃべりではない。けれど、散歩のルートはおそらく被っていて、わざわざ変える気にもならないので一緒に歩く。

この、一見マトモに見える茶谷教授のことを、私は最近密かに変わり者と踏んでいる。

理由は天丼の食べ方だった。

これも偶然夕食に入った近所の店で、後から彼が少し離れた席に座っただけで、一緒に食事をしたわけではない。茶谷教授とその店で遭遇するのは初めてだった。

その天丼のお店はチェーン店ではなく、メニューはシンプルに天丼しかない。

その代わり天丼一筋にかける熱い思いが伝わる、こだわりぬかれたおいしいお店だった。

お味噌汁がついてくるけれど、それもすごくおいしくて、なんならテーブルに備え付けのお新香もおいしかった。

茶谷教授は箸の持ち方も綺麗だし、米粒ひとつ残さず綺麗に食べる。一見するととても行儀のいい人だった。最初は綺麗な箸さばきに見惚れただけだった。

でも、彼の天丼の食べ方はおかしい。絶対におかしかった。

彼は天ぷらを先に、単独で綺麗に全部食べてしまった。

そして、米だけになった丼を一瞥してふうと息を吐く。眼鏡が反射できらりと光った。

それから彼はテーブルの瓶からお新香をたくさんのせる。それをまた綺麗に食べていく。

その間味噌汁には一切手をつけず、完食後に思い出したようにそれを口にした。

絶対におかしい。

もちろん、ボロボロこぼすとか、手掴みとか犬食いとか、そんな非常識な食べ方ではない。

でも天丼は、揚げたてのさくっとした天ぷらと、甘辛いタレのしみたご飯をバランスよく配分して食べるものではないのだろうか。だって丼なんだから。あんなふうに、上から順に目に入った分を計画性もなくばくばく食べるなんて天丼への冒涜だ。

いや、計画性がないとも違う。むしろ規則的にさえ見える動きだったのだから。

それは彼の常識的な外見に反して異様だったし、ボサボサの頭に反して几帳面すぎる食べ方でもあった。

茶谷教授は一見穏やかな人に見えるが、本性はそうではないのかもしれない。普段はごくマトモな人に擬態（ぎたい）しているけれど、世間に隠している狂気がそこにそっと覗いている気がした。

彼は食物をただ、機械的に始末している。

おいしいとか、味わうとか全く考えていないのだ。

そうでなきゃあんなにおいしい天丼に対して、血の通っていないアンドロイドみたいな食べ方はしない。猟奇的（りょうきてき）なものがそこに覗いた気がして怖くなった。こうなってくると、あの眼鏡の奥の笑顔もだいぶ印象が変わる。

私がこうして今、彼と一緒に歩いていて散歩のコースを変えないのは警戒しているのもある。逃げるために人通りの少ない道に入り、万が一彼がついてきたら、私も始末されてしまうかもしれない。あの海老天（えびてん）のように。

「肘岡さん、先日もお会いしましたよね」

ずっと黙って歩いていたけれど、珍しく茶谷教授が声をかけてきた。

「え、あ、はい。天丼屋で、綺麗に食べてましたね」

茶谷教授とはしょっちゅう出会うので、いつが最後だったかあやふやだ。だからうっかり出たその言葉は直前に考えていたことに引っ張られたものだったけれど、私はすぐに後悔した。

ふと見た茶谷教授が足を止めていて、その顔色が、すっと血の気を落としていたのだ。

「肘岡さん……見ていたんですか？」

「あ、ハイ……すみません。その……私の席から、目に入ってしまって……」

茶谷教授の目は、眼鏡が反射していてよく見えない。

私は思わず一歩距離をとった。

「普段は隠しているんですけどね……」

「はい」

「……肘岡さん、誰にも……黙っていてもらえますか？」

「も、もちろんです」

「実は私……」

私は息を呑んで続きを待った。

もしかしたら、個人情報よりまずい部分に触れてしまったかもしれない。この秘密の扱いを間違えたら私は綺麗に消されるかもしれない。あの、かぼちゃの天ぷらのように。

「実は私、お新香とご飯が……大好きなんです」

「え、はい？」

「天ぷらはおいしいですし、もちろんほかのものも食べるんですが、本当はいつだって、一番大好きなお新香でご飯が食べたいんです」

「は、はぁ」

「私は一度、あの店の……お新香だけで、ご飯を食べてみたくて……」

「あぁ、おいしいですよね、あそこのお新香」

「ずっと、自分をだましだまし、天丼としてきちんと食べてきました。あのときが、初めてなんです！　もちろん、人と食べるときは普通に食べてますし……なんなら別の店では天ぷら定食にします」

「そ、そうですね。あそこ天丼しかないですもんね」

「本当にあんなのは一度だけなんです。本当に……一度だけ試したくて……それを……肘岡さんに見られていたなんて……あぁー」

茶谷教授が顔を両手で覆って絶望した。

茶谷教授の印象はまた変わった。

一般的な感性では尊ばれる天ぷらよりも、きっちり自分の中の愛、強いお新香愛を持って大事にしている、ある種一途で誠実な人かもしれない。

そして子どもじみた欲望をこっそりひとりで叶えようとしてしまう、なんというかお茶目な人でもあるのかもしれない。

茶谷教授はアンドロイドではない。

アンドロイドは、たぶんこんなに恥ずかしがった顔はしない。

「茶谷さん」

「は、はい」

「おうかがいしてもいいですか？」

「え、何をですか？」

「あの……し、下の名前を」

私は茶谷教授の情報を少し増やした。

食いしん坊大作戦

また、全部食べきれなかった。

私は大学に入りひとり暮らしをしていたけれど、四日連続で夕飯を外食し、四回連続で完食ならずだった。一日目のラーメンはともかく、二日目のハンバーガーセット、三日目の牛丼、四日目のお弁当も半分も食べられなかった。

おいしかった。でも食べきれない。

お店の人に悪いと思ってしまうし、日本人の倫理観として、残すのには罪悪感もある。もっと食べたい気持ちはあった。でも食べたらあとで苦しむことになる。それは経験則から確実なのだ。

私は昔から食が細く、胃弱だった。

レストランで食事をしてもひとり分を食べきれない。デザートのころには満腹で、空腹時ならおいしい甘味がすっかり気持ち悪く感じられる。

だからといって、食に興味がないわけではなかった。

むしろ私は一般的な女性よりは、食に関心が高かった。食べられない分グルメ番組、ドラマ、映画はよく見ていたし、そこまで作りもしないのに料理本を買い揃え、レシピサイトを巡回（じゅんかい）していた。グルメ系番組では、調理シーンは少しでいい。人が食べるのを見ているタイプのものがお気に入りだった。


私が大村先輩と初めて会ったのは、サークルの飲み会。二時間食べ放題のとき。大村先輩はジャンル分けするなら、ずんぐりした巨体の怪物系だ。彼はなんでもばくばくおいしそうに食べる人だった。

見知らぬ先輩の話を上の空で聞きながら、私の目は大村さんに釘付（くぎづ）けだった。

彼は正面にいた男性とおしゃべりをしていたが、間断なく食べ続けていた。大きな口で唐揚げをぱくり。唇についた油をぺろりとひと舐（な）めしてまたぱくり。ポップコーンかなにかのように軽く食べていく。

大村さんの口は、胃袋は宇宙だ。

食物は彼が手に取ると、ぱくんと軽い感じに消えていく。

私は自分の目の前にあったお皿から、彼が食べているのと同じ唐揚げを箸でとってみた。

思ったよりひとつが大きかった。そっと口を近づける。

こんがり揚がった焦茶色の唐揚げ。

まだ衣が少し温かいそれを噛みちぎると脂がじゅっとしみ出た。すかさず烏龍茶で流し込む。あっという間に食べてしまった。

おいしかったけれど、肉はボリューミーで、ひとつ食べたら満腹になってしまった。

そっと、大村さんに視線を戻す。まだ食べていた。

まるっこいチーズ芋もちをぱくん、ぱくんと気軽な感じにひとくちで食べていた。枝豆。合間にちょこっとビール。ジャンボメンチカツ。白子ポン酢。お刺身。焼き鳥盛り合わせ。それからサラダは小皿には取らず、最初から自分だけの分として頼んで、むしゃむしゃと綺麗に食べてしまう。なんて気持ちがいいんだろう。

私……この人のこと、ずっと見ていたい。

大村さんの前にいた人がどこかに移動したので、すぐに前に移動した。私に気がついた大村さんは一秒だけ、蛸唐を拾っていた箸をとめたけれど、すぐにそれをぱくんと食べだした。噛まずに飲み込んでいる感じではない。咀嚼も早い。歯も顎も強そうだ。

「あのっ」

「うん、どうしたの～？」

「見ていてもいいですか」

大村さんは少し怪訝そうにしながらも、お皿からモツ煮込をひょいひょい口に移動して頷いた。私は両手で頬杖をついて、完全に観戦の体勢に入っていた。

「たくさん食べますね」

「え、今日は控えめにしてるほうだよぉ」

にっこり笑って言う大村さんの笑顔は可愛かった。

素敵すぎる。

こんなに食べているのに、ぜんぜん苦しそうじゃない。好き嫌いがないのもいい。

それに、経験値が高いせいなのか、箸使いがうまく、結構な量を豪快に口に入れる。残さず綺麗に食べるのもいい。なにより口に入れたときの表情。ちゃんと味わってる。すごいスピードなのに、おいしくて幸せだと顔に書いてある。

こんな人と、毎食を共にできたら毎日が素敵だろうなあと思う。

そう思いながら、うっとりと彼を見つめていた。

「あのぉ、何かボクに用でもあった？」

大村さんは見た目に似合った、すごくもったりとしたしゃべり方をする。その感じさえも私には余裕のある振る舞いに見えていた。

「あぁ……ずっと、見ていたいです……」

「えっ……そお？」

びっくりしたのかしてないのか、わかりにくい顔で、大村さんは餅ベーコンの串を口に入れた。なんておいしそうなんだろう。

私は結局、追加注文をして彼の前に置き、それを食べるのを時間中ずっと見ていた。

「今度、私とご飯を食べに行きませんか」

「……うん、いいけど」

私はその日から大村さんにつきまとい、苛烈に好意をぶつけた。そうして近づいてみると、とぼけたようなキャラは人を威圧しないためにやっているのがわかった。体が大きいと、それだけで怖がられやすいからだ。それでいて彼自身の警戒心はわりと強く、最初はのらりくらりとかわされて、なかなか警戒を解いてもらえなかった。

しかし、最終的には私のしつこさにほだされ無事彼女の座におさまることができた。

卒業して就職してからもずっとその付き合いは続いた。

＊＊＊

私は仕事で出張に出ていて、彼とひと月ほど会えない日々が続いていた。

彼と会えないと、私の日々はとたんにくすむ。

私の人生の一番の楽しみは食事だった。彼がいないと、食事がすぐに終わってしまう。本当につまらない。衣食住だとか、三大欲求だとか、人にまつわるものには必ず食事がある。生き物として、社会生物として、私は最高の彼氏を捕まえていた。

一刻も早く会いたくて、彼の終業時間に合わせて会社の前に直接行って、待っていた。

やがて、エントランスから出てくる彼が見える。

「だーから、大村。お前にそんな可愛い彼女いるわけないんだって、妄想も大概にしろよ……早く謝っちまえって。本当はいないんだろ」

「宮内くん、そんなこと言って～もしかして悔しくてたまらない？　彼女と張り合ったりしたらダメだよお……」

「だからなんで俺がお前の彼女のほうに張り合うんだよ！　俺はどんだけお前のことが好きなんだよ！」

男性の同僚と話しながら出てきた大村さんに駆け寄って声をかける。

「大地さん！　大地さーん！　きゃあ！　会いたかったです！」

「あ、ちまちゃん！　ここまで来たの？　待っててくれたら行ったのに。夜にひとりでフラフラ出歩いちゃダメだよ～」

「待てませんでした」

大村さんだ。大村さんだ。会いたかった！

久しぶりの再会にハイタッチを決めて喜ぶ。

「宮内くん、これボクの可愛い可愛い彼女の土屋千真ちゃん。触らないでね～」

「いや普通に初対面の女性に触れようとは思わないけど……目だけマジなのやめろよ」

一緒にいる男性はずいぶん仲の良い同僚のようだ。彼はこう見えてわりと警戒心が強いので、普通に私を紹介するあたり、かなり気に入っているのだろう。少し悔しい。

「大地さんとお付き合いしてる土屋です」

ぺこりと頭を下げて言うと、同僚の人は衝撃を受けた顔で後ずさった。

私はその人に向かって聞く。

「あの、大地さんは会社で仲のいい女性とかいるでしょうか」

「……え、うーん、ごめん。あんまそこに興味がなくて……知らない」

「大地さん格好いいしモテるし、食いしん坊だから、おいしいご飯につられて女の人についていっちゃいそうで心配なんです！」

「食いしん坊はともかく……」

「本当なんですよ！　今までだって、大地さんに近寄る女は私がやっつけてきました」

大村さんが同僚男性に呑気な声で言う。

「ちまちゃんは心配症なんだよねえ」

「心配にもなります！　だって……大地さん、ほんとに素敵だから！」

「なあ、何だよ。この、俺の見てる悪夢か大村の見てる淫夢（いんむ）みたいな人は……もしかして雇ったのか？」

「宮内くん、現実を見なよお」

彼の同僚の人はなぜか頭を抱えていたけれど、そのあと綺麗な女性に呼ばれ、慌てたように帰っていった。

「じゃあ、私たちも行きましょう」

「うん。そうだねえ。ご飯食べよう」

「はい。大地さん、私、今日もいいお店探してきたんです」

「楽しみだねえ。早く行こう」

「はい！」

もうすぐ。

もうすぐ彼と一緒にご飯を食べられる。

私は熱いため息を吐いて、彼の腕に自分の腕をからめた。

八月のしるこ同盟

高校三年生の夏が始まった。

生命力が削られる灼熱の暑さに、少しの外出にも臆してしまう今日このごろ。海に山に街になんて予定は、はなからなかったけれど、必要外出である予備校に行くのも暑くてたまらない。

それでも行かないわけにはいかない。

だって受験生だから。

わたしは夏休みに入ってからも、なんだかんだでほぼ毎日予備校に通っていた。

予備校を出て、繁華街に繋がっている太い通りに入ると、すぐに大きな駅へたどり着く。しかし、わたしの利用する駅はそこではない。そちらには行かず、細い脇道に入り、この先人なんて住んでないよ、森しかないんじゃないの？　みたいな道を抜けたところにある、おそろしく小さく、悲しいくらい寂れた駅だ。

予備校から駅まではそこそこの道のりがあり、わたしは暑さにくたびれていた。

この寂れたオンボロ駅は、本当に近くにお店がひとつもない。ふたつしかない改札の近くに、たったひとつだけ自動販売機があるのみであった。

駅に着いたら自販機で冷たい飲み物を買おう。その一心で、がんばって歩いてきた。

脳内でひんやりしたペットボトルを頬に当てる想像なんかをしつつ、自分の気持ちを盛り上げる。わたしは一刻も早く、このカラカラの喉を潤し、火照り切った肉体に小さな安らぎを与えたい。

そんなわけで、駅についたわたしは自動販売機の前に直行した。

謎メーカーの飲料ばかりだし種類もまったく豊富じゃないが、冷えた水分でさえあれば贅沢は言わない。

わたしはどこか切羽詰まった気持ちでお金を入れて、冷たい麦茶のボタンを力強く押した。

――ガコン。

それなのに、出てきたのは温かいしるこだった。

しるこ。

ぶっとい毛筆体でデカデカと『甘～いしるこ』と書かれている。

缶の見た目からして暑苦しいし、味を想像しただけで額から汗が噴き出る。実際手の中のそれは持っているだけで火傷しそうに熱く感じられた。

じわり、涙がこみあげた。胸に途方もない悲しみが襲ってくる。

一体、わたしが何をしたというのだ……。

怒りもこみあげる。このクソ暑いのに、こんなものはラインナップ自体から間引いてくれないだろうか。ていうか夏に『あたたか～い』を残しておく意味があまりないだろう。

わたしがしるこの缶を持ったまま呆然と振り返ると、我が高校の生徒会長の剣持がそこに立っていた。

彼も同じ沿線、同じ予備校に通う仲間だ。右手にしるこの缶を持っている。

一目見て状況を察した。

「剣持！　知ってたなら、教えてくれてもよかったのに……！」

剣持は手のひらを前に出し、落ち着けというように制止を促す。

「俺は冷たいサイダーを買おうとしたんだ……しかし、あまりの暑さでぼうっとしてたから、押し間違えたか……何かの間違いかもしれないと思ってな。でも今わかった。この自販機は今、確実にしるこ排出機となっている」

黒縁眼鏡のつるをクイ、と持ち上げた剣持は、しるこを片手に冷静な顔で、どことなく冷静さを欠いたコメントをよこした。

「はぁー、あっちーあっちぃ、あっちっちー」

そこへクラスメイトの須田が来た。

彼も数少ない同じ予備校、同じ沿線仲間だ。

彼はわたしと剣持を一瞬だけ横目に留めたが、そのまま自動販売機に直進した。

須田は基本的に陽気なやつだ。ポケットから財布を取り出し、鼻歌まじりにチャリンチャリンと、コインを投入していく。

口ずさんでいるのはよくスーパーでかかっている『呼び込み君』のテーマだ。

わたしはなんとなく、自分のしるこの缶を後ろ手にすっと隠し、素知らぬ顔をして固唾を呑んで見守る。

――――ガコン。

「…………うおッ！　なんッでしるこなんだよー!!」

元気のいい嘆きが聞こえてきた。

わたしと剣持は黙っていい笑顔を見合わせ、頷いた。

「ッが……そこふたり!!　てめぇら！　しるこッ！　しるこ持ってんじゃねぇかよっ！

知ってたんなら、なんで先に……！」

「この暑いのに……るっさいわねぇ」

そこに、低くけだるげな声がして、クラスメイトの神楽坂愛菜が来た。

愛ちんは普段からバッチリメイクのギャルだが、今日は暑さにやられたのか、汗だくで溶けたメイクをシートでふき取ったあとのすっぴんだった。大きな胸をユサユサ揺らしなから自販機の前まで来て、けだるげな息をもらす。

愛ちんが自動販売機にお金を投入した。

いけない。さっきはつい見守ってしまったが、さすがに今度こそ教えてあげなくては。

「あ、愛ちん……それ！　……ムグッ」

制止の言葉を言いかけたところで、背後の須田に取り押さえられた。

「いいんだ。いいんだよ……こんなとき言葉は無力だ……必要ないんだ」

須田は笑顔のまま、ポエミーな語り口でボソボソと言い、依然わたしの口元に雑に腕をまわし、言葉を塞いでいる。

急いで振りほどき口を開こうとしたが、ときすでに遅し。

――ガコン。

「ンなによこれェっ！　おっしるこじゃないのよぉォー!!　超あっついしぃっ!!」

予想通りのかん高い叫び声が聞こえ、なぜかわたしの背後で須田が小さくガッツポーズをした。

かくして、温かいしるこを持った高校生男女が四人、そこに揃った。繰り返すが店は近くに一軒もない。自動販売機だって、これひとつしかない。おそらく全員、喉はカラカラだ。

剣持が重々しく口を開く。

「こうなったらやることはひとつだな」

「うん」と言いながら、わたしはきゃぽ、とプルタブを開けた。

「いやちょっと待て山添！　なんでそんなもん開けてるんだよ！」

須田がドン引いた声をあげる。

「え、飲むんじゃないの……？」

「えぇ……飲むのかよ」

「いやだって……わたし、もうなんでもいいから水分取らないと倒れちゃうよ……」

わたしはもう泥水でも啜りたい。

「待て。早まるな！」

真面目くさった顔の剣持に止められたが、すでに温かいを超えて熱いしるこが、わたしの口に入っていた。

強い陽射しの下、ドロドロした黒い液体が喉をつたい、脳天を強烈な甘みがツーンと突き抜けていく。

「どうだ……山添」

「くっ、くち……口のなかが……ぜんぜんさっぱりしなくて……余計に喉が……ビェェ」

半ベソで感想を述べたわたしに剣持が「そうか……やはり」とだけ言って重々しく頷いた。

「でも、熱中症になっちゃうかもしれないから、みんなも飲むべきじゃない？」

ひとりだけ飲んだのが悔しくてそう提案するが、剣持も須田も嫌そうな顔をした。

少し離れたところで長い脚を組んで座っていた愛ちんが口を開く。

「アタシはこんなとこでこんなものを飲むくらいなら、飲まずに死ぬわ」

こちらを見てはっきりと言い放つ。わたしと目が合うと、ニヤリと不敵に笑ってみせた。

「アタシは妥協を知らない女よ」

「……愛ちん、格好いい！」

小さく賞賛を送るわたしの背後で、須田が水を差すように口を挟む。

「ケッ、カッコつけてよぉ……。飲まなきゃ死ぬなら飲むくせによ……」

須田はわざわざ言わんでもいいことを積極的に言うタイプだ。しかし、愛ちんは顔色ひとつ変えない。

「ううん。アタシは今死ぬとしてもこんなつまらないものは絶対飲まないし、同じように、無人島でふたりきりになったとしても須田とは絶対付き合わない」

キリッとした顔でキッパリと言い放つ。小さく拍手を送った。さすが。妥協を知らない女だ。

「ん？　同じようにってどういうことだよ！　俺と真夏のホットしるこの関連性は……？」

暑さにくたびれていたため、誰も答えない。

「とりあえず、駅員に自動販売機の故障を伝えよう」

剣持がそう言い、ひとりだけいる初老の駅員に知らせると見にきてくれた。

駅員は「ん〜？　んん〜？」と言いながらぺたぺた自販機を触り出した。ひとしきり触り終わると頷く。

「ふんム〜、暑さで、故障しちったんだかにャ？」

今の動きで、一体何がわかるというのだ……。

おそらく全員が思ったが、黙っていた。喉が渇き、暑さに疲れ果てていたのだ。

駅員は「修理を頼んでおくにょ」と言い残して涼しい場所へ急ぐように戻っていった。

電車が来るまでまだ四十分もある。

陽は傾いてきてはいるが、依然暴力的に力強く照りつけている。

「あっ、俺、思い出した！」

須田が声をあげ、鞄からペットボトルを取り出した。

もとは冷たい炭酸水……だったのだろう。しかしおそらく今はもうただのぬるい水だ。それも半分くらいしか残っていない。それでも、熱々のしるこよりはいくらかマシかもしれない。

剣持とわたしは知らず知らず、少し物欲しそうな顔でそのぬるい水を見つめていた。

「ふへへ。いいだろぉ」

得意げな笑みを浮かべながら須田がぬるい水を誇らしげに掲げてみせる。

ふと見ると愛ちんが倒れていた。

「神楽坂！」

「愛ちん！　大丈夫!?」

剣持と一緒に駆け寄る。

「大丈夫……暑くて……立ちくらみしただけ……」

「水分取ったほうがいいよ！　はいこれ！　しるこ！」

愛ちんは口を引き結び、首を横に振る。しまった。愛ちんは妥協を知らない女だった。

「……そこまでしるこが嫌なら仕方ない。おい、須田」

「えっ」

「緊急事態だ。その水をよこせ」

須田のリアクションより前に愛ちんが叫んだ。

「……ッ、いやよ……！　そんなもの……ぜったいに口をつけたくない……っ」

そう言い残して、愛ちんがガクッと目を閉じた。

「愛ちーん!!」

「俺に任せろ！」

「えっ」

「緊急事態だ。やむをえん！」

叫んだ須田が勢いよく水をあおり、愛ちゃんのもとに駆け寄った。

どんぐりを含んだリスのように、頬袋をパンパンに膨らませた須田が彼女の顎元に指をかける。

ふたりの顔が近づいていく。

唇が、重なる……その一瞬手前。

愛ちゃんの目がカッと見開いた。

あまりの嫌悪感からか、愛ちゃんが覚醒して須田の顎を目掛け、綺麗なアッパーカットを炸裂させた。

須田の膨らんだ頬袋から噴射した水は、終わりかけの夏の空に小さな虹を作った。

＊＊＊

三月初旬。

わたしと愛ちゃん、剣持と須田は揃って寂れた小さい駅にいた。予備校に合格の報告と挨拶に行った帰り、偶然揃ってしまったのだ。

あの日とは打って変わって、空気はきんと冷え、はらはらと小さな雪粒が舞っていた。

「全員合格おめでとー！」

「ここに四人揃ってると思い出すわねぇ」

あの日は結局再び駅員を呼び、全員涼しい場所に入れてもらい、駅員が備蓄していた塩飴と、ポカリスエットなどを飲みながら電車を待った。その後無事に自販機も直ったし、夏の日の悪夢の一ページとして、よい思い出になっていた。

――ガコン。

自販機のほうから音がして、そちらを見ると、愛ちんがしるこを買っていた。

「あれ、愛ちん、おしるこ嫌いなのかと思ってた……」

確か「つまらないもの」とか言って散々罵倒していた。

「嫌いとかじゃなくてぇ……コレは真夏に押し付けられて無理に飲むもんじゃないっしょ？　アタシだって……こういうさむーい冬の日に飲むなら…………結構好きだし」

「あぁ……だから……」

あれほど嫌がっていたのに、愛ちんはなぜか現在、須田と付き合っている。一体どういうことなのか、ずっと不思議に思っていたが、それも似たような何かなのかもしれない。

ふと見ると須田が自販機にお金を入れている。

――ガコン。

須田がしるこを買った。そうしてわたしを見る。わたしは頷いて自販機に向かい、しるこのボタンを押した。

誰しも能力を発揮できる場所とできない場所がある。あの日、あんなに嫌がられたしるこだったけれど、寒い日にはちゃんと愛される。その日がやっと来たということなのだろう。

しるこの缶を持った三人に見られて、剣持も静かに自販機に向かい、硬貨を入れた。

そして。

――ガコ。

サイダーを買った。

「なんでよ！」

「しるこは!?」

「そこはしるこだろうがよ！」

複数の突っ込みをものともせず、剣持は真顔で言い放った。

「俺は……冬でも冷たいサイダーが好きだ」

大人は冷蔵庫のプリンで喧嘩しない（※プリンは出てきません）

それは死ぬほど暑かった日の夜のことであった。

俺は一日汗だくになって歩きまわり、取引先をいくつも移動してヘトヘトだった。

やっと我が家にたどり着き、シャワーを浴びて汗を流したあとに冷蔵庫を覗き込む。

そこにはあるはずのものがなかった。

今度は奥の部屋の扉を開ける。そこには同棲中の彼女がいた。あらかじめ遅くなると連絡していたため、ひと足先に食事も入浴もすませたらしく、くつろいだ様子でうつ伏せに寝転がっていた。

「真織、貴様はこの世で最も重い罪を犯した。平に謝罪しろ」

「ふぁ？」

スマホを見ながら足をぶらぶらさせていた彼女が顔を上げる。

「冷蔵庫のビール！　飲んだなら、ちゃんと補充しておいてくれよ！」

ビールはケースで買っている。

が、冷蔵庫は決して大きくない。それを全部入れたら食材が入らなくなる。二本くらい入れておくのが暗黙の了解だった。

飲み終わった後の補充は大人の嗜み。少しでも人としての倫理や優しさや道徳観念があれば入れ忘れるなどという極悪非道なことはできるはずがない。

「だってさー……暑くて……あと……」

「あと？」

「おいしかったから……つい二本目に」

思わず壁を殴りそうになった。

「お前……ちょっとものすごく可愛いと思って調子にのるなよ！」

「……はぁ。それ言うのシナくんだけなんだな」

「そんなわけないだろう！　こんなに…………………」

言いながら自分の彼女をまじまじと凝視する。

「…………可愛い」

俺の彼女可愛い。すごくすごくすごく可愛い。

なんとなく感情がそこにすとんと着地して、怒りが鎮まった。

「それシナくんしか言わんて」

彼女がけたけた笑いながら立ち上がり、冷蔵庫の脇の段ボールから缶ビールを拾い上げた。

「氷入れて冷やしてあげるから贅沢言わんよ？」

なぜ、俺が贅沢を言っていることになっているのだ。元はと言えば、飲んですぐ補充をしなかったのと、一缶でとどめずに二缶目に手を出したこの悪魔のせいだというのに。

「ビールに氷とか……変じゃないか？」

「入れる国もあるよぉ、シンガポールとか、タイとかベトナム……ほかにも大体暑い国で」

「ここは日本だ」

「まぁまぁ、いーじゃない。おいしいよ」

氷がグラスに落とされて、カランといい音がした。

トクトクトク、ゆっくりと、琥珀色(こはくいろ)の液体が注がれていく。

目の前の美しきビールの誘惑に抗(あらが)えず、すぐに喉に流し込む。

うまい。

仕事のこととか、それに付随(ふずい)する雑多な人間関係のこととか、一気に全部どうでもよくなる。

冷たいビール。

それは大人の救い。幸福の象徴。それは正義。それは、愛。

俺がビールを好きになったのは、彼女を好きになったのと、ほぼ同時だった。

彼女は大学のひとつ上の先輩だった。

少し変わり者だった彼女は旅に出て休学していて、同じサークルにも関わらずエンカウントは大学二年の夏までなかった。

彼女は初めて会った飲みの席で、前に座り人懐(ひとなつ)っこい雰囲気で声をかけてきた。

俺は寡黙(かもく)な人見知りであったが、人相がVシネマ俳優系だったので人から気軽に話しかけられるほうではない。だから少しびっくりした。

彼女は民族衣装をカジュアルにしたようなカラフルな格好で、首や手首や足首にじゃらじゃらとアクセサリーをつけていて、目立っていた。

「あれ、飲まないの？　もしかして未成年だった？」

「いえ、実は今日、誕生日なんです」

そう返すと、「おっ」と声を漏(も)らした彼女がピッチャーのビールをグラスにふたつなみなみと注ぎ、ひとつを俺に渡してきた。

ニコニコしながら「成人、おめでとうー！」と言って、乾杯の格好をしてくるので、俺もグラスを手に取り、構えた。

かちん、と小気味のいい音を立て、ふたつのグラスがぶつかる。

その時点では、俺はビールにも彼女にもさして興味はなかった。渡されて、乾杯されたから同じように返しただけで、手の中のグラスは気持ち的にはもてあましていたし、状況には少し困ってもいた。

目の前の彼女はグラスのビールをぐいっと煽る。グビグビグビ。グラスの半分くらいまで一気に飲みくだす。白くて綺麗な首のあたり、ビールを流し込まれた喉が、こく、こく、となまめかしく動く。

——生き物だ。

そんなふうに思った。

やがて、彼女はぷはっと大きく息を吐き、満面の笑みを向けてくる。

たぶん、その瞬間だった。目の前の彼女が女神に変わった。

これは……ビールの女神さまだ。

「どう?」と聞かれて「好きです……」と返した。

「おっ、いいねいいね。もっと飲む?」

「いえ、ビールはまだ飲んでません」

「んん?」

「好きになってしまいました……」

先輩が「……へっ?」と不可解な顔をする。それから自分と俺を交互に指差すので、深く頷いた。

「君……もう酔ったの？」

「ですから、まだ飲んでません」

答えてからビールのグラスに口をつけた。そのままぐいっと一気に飲み干す。

「……うまいです」

「お、おう……」

「でも、ビールよりもっと、あなたが好きになりました」

「え、えぇ～？　あははは。なんだそれなんだそれ～。じゃあ付き合う～？」

先輩は近くにあったおつまみのサラミを口に入れながら笑った。もしかしたら冗談にして流そうとしたのかもしれない。

しかし、俺はそれにもガチな顔で「はい。是非お願いします」と答えた。

「…………本当に？」

「はい」

「あたし、君とは今日初めて会ったよね？」

「はい。間違いありません」

「……そんなんでいいの？」

「お願いします！」

「……うぅーん。ま、いっか」

先輩は、あっさりと承諾してくれた。

彼女のことはよく知らないが、自己について考え込み、わざわざ休学して旅に出るくらいだから根はそこそこ暗くて複雑な人間の可能性もある。それでも彼女はふわふわした人で、表面的には明るく、軽く、あまり深い思考を他人に覗かせない。

俺と彼女の付き合いは軽いノリで始まった。

しかし、ふわふわと重力を感じさせない彼女に、そこそこの重力を与える俺が組み合わさり、ちょうどよく続いている。

冷蔵庫のほうから彼女が声をかけてくる。

「シナくーん、おつまみにヤムウンセン食べない？」

「春雨サラダか。……食べたい」

「ヤムウンセンだっつうの！」

彼女が笑いながら、テーブルに春雨サラダの皿をごとんと置いてくれる。

俺が何度聞いても名前が覚えられないこのサラダは、彼女が常備菜としてよく作るものだ。

春雨のほかには主に細切りにした胡瓜と人参、それから海老が入っている。パクチーと刻んだセロリも入っているので少し癖がある。味付けを何でしているのかは知らないが、ピリ辛でビールとすごく合う。

「真織も一緒に飲んでくれよ」

「あたし、もうさっき飲んだから」

「じゃあ、グラス一杯だけ……頼む」

「ううーん……。ま、いっか」

もともとお酒に強い彼女は、すぐに頷いてくれた。

氷が入ったグラスに、慎重にビールを注いでいく。

小さなテーブルを挟んで向かい合い、グラスをかちん、と合わせる。それだけで目の前の琥珀色の飲み物が、二倍増しでうまくなるのだ。

人生いろいろ。理不尽や不条理もある。他人から無礼を受けることも、自分がやらかすこともある。

それでも俺は、今日も元気で、彼女とビールを乾杯できる小さな幸福を噛み締めている。

詫(わ)び飯

待ち合わせは男の指定の個室居酒屋だ。

指定したのは男だが、予約は私がした。私は十五分前には席に着いて待っていた。

約束の時間に十五分遅れでやってきた男は、仕事帰りのスーツ姿だ。一分の隙もなくぱりっと着こなされたその姿は、精巧なロボットを連想させる。

男はちらりと私の顔を見たが、席に着くなりメニューを手に取った。

この男は私の恋人だ。私と男は記憶を持ったまま百五十四回転生を繰り返しそのたびに恋人になっているが、そういったひきこもごもは置いておいて、現在はただの日本人二十五歳同士の社会人カップルだ。

「酒……えーと、十四代(じゅうよんだい)」

一番高いやつを躊躇(ためら)いなく選んで注文している。日本酒はいくら高級といってもそこまで値がはるものはないのでワインの置いてあるお店じゃなかったことに感謝を覚える。これは慈悲(じひ)だ。

「あ、蟹あるんだ……食べよ。牛ロースあぶり焼きと梅水晶……蛍烏賊の沖漬け、野菜も欲しいな。冷やしトマトと……オクラの唐揚げと、天ぷら盛り合わせも。あと、兜焼き……紅生姜唐揚げ」

次々と繰り出される注文。なんて節操なく色々と置く店なんだ。戦々恐々としていると、男は私を見て優雅な笑みを浮かべてみせた。

「……ん？」

「好きなの頼みなよ。君の奢りなんだから」

「はい。本日わたくし、誠心誠意ご馳走させていただきます」

がばりと頭を下げるとテーブルにゴンと頭をぶつけた。

やがて、注文した料理が次々と届き、男は私の目の前でぱくぱくとたいらげていく。

中肉中背で、見た感じだとそこまで食べそうにないが、本当に本当によく食べる。

そして前前前世の前からずっと思っていたが、いつ何時も非常にうまそうに食べる。私はこの男のそういうところが好きだしそういうところじゃないところも大概好きだ。

男が無言で食事を進めていくのをじっと見ていた。

ゆっくりと丁寧に食べていく。

蟹を剥いて中身を出すのがとてもうまい。見惚れる。

一度だけ親指をペロリと舐めたその顔がエロい。ごくりと唾を飲んだ。

咀嚼を感じさせない速さでツヤツヤした刺身が口に吸い込まれていく。肉も、野菜も、平等にうまそうに食べられていく。この男の前では食べ物は皆平等に一番おいしく食べられる。なぜだか優しさと宇宙を感じた。

一定のペースで食物を口内の宇宙に放り込んでいく男は、一度だけ目線を上げて私に聞いた。

「君も食べれば？」

「いっ、いえ私は……」

男は「ふうん」と言って、さほどの興味もなさそうにまた食事に戻る。

注文した分を全て綺麗に食べ終え、男はようやく口を開いた。

「――で、俺が三か月出張しているうちに十五人と浮気したことについての、詫びを聞こうじゃない」

なぜバレているのかわからない。たぶん私のスマホに何かが仕掛けられている。

私はたぶん性欲に呪われているのだ。この男が食欲に呪われているのと同じくらい、尋常じゃないそれに、何度生まれ変わっても襲われている。

「……本当に申し訳なく……なんというか……ごめんなさい」

「言い訳は？」

「ございません。全て私の罪でございます」

「……十五人いたらサッカーチームだって作れるよ？」

「はぁ……野球チームもできますね……」

冗談を言ってみたが、男はクスリとも笑わなかった。慌ててまた頭を下げる。額(ひたい)がテーブルにぶつかりゴン、ゴゴン、と音が鳴る。

「すっ、全てわたくしの浮ついた心と純粋な性的欲求によるもので、そこに愛などひとつもございません。平に……平にご容赦(ようしゃ)を……」

しばらく反応がないのでそうっと顔を上げると男はナプキンで口元を丁寧に拭っていた。

そして、立ち上がって衣服の乱れをぱん、と直す。

「ごちそうさま。早急に性病の検査受けてきて。結果が出るまで俺に指一本触れないこと。あと愛してる。何か質問は？」

「――っ、ない、です」

「何か、言いたいことは？」

慌ててガバッと顔を上げて言う。

「……っ、だ、大好き！」

「了解。じゃあまた。連絡する」

男はにっこり笑うと、颯爽(さっそう)と去っていった。

トリガーは焼きそば

平良君はわたしが大学生のときに初めて付き合った彼氏だ。

だから一時は何度も家に通っていた。

彼の家は長い坂を登ったその上にあったが、手前に養鶏場だか牧場があるらしく、高い柵で中はよく見えないものの、そのあたりはいつも結構な濃さの匂いがたち込めていた。いわゆる家畜臭だ。

駅まで送ってもらう帰り道で初めてキスをされたときも。

喧嘩して、わたしが部屋を飛び出したのを追いかけて抱きしめてくれた、そのときも。

あたりには家畜の匂いが充満していた。

今はもうそこを通ることはなくなったけれど、それでもわたしは旅行先などでうっかり家畜の匂いを嗅ぐとその頃のことを思い出す。

家畜が関係していたのかはわからないが、わたしと彼は二年ほどで別れた。もともと付き合い始めたのが大学四年の秋だったので、その後生活環境の変化で別れに至ったのだ。

鶏は、牛は、家畜たちはきっと、悪くない。

平良君との記憶はいつもたいてい家畜の匂いと結び付いているし、わたしはなんなら家畜の匂いにドキドキしてときめいたり、切なさを覚えるようになってしまった。

わたしにとっての家畜の匂いの概念(がいねん)を変えた平良くんと再会したのは、別れてから六年目の夏だった。わたしたちの出会いの場でもあった大学のサークルの同窓会的な集まりがあったのだ。

ちょっと洒落たイタリアンバルを貸し切って行われたそこには、久しぶりの懐かしい顔があふれていた。

けれど二十代前半から後半に代わり、それぞれ社会にしっかりと適合を果たしたその姿は、ともすれば街ですれ違う知らない人たちのようにも見えた。

開始から少し遅れて入ってきた平良君の姿を目にしたとたん、ここにあるはずもない家畜の匂いがふわっと立ち上るような錯覚(さっかく)がした。聞こえるはずのない鶏の騒ぐ声や、モーという力強い牛の鳴き声まで聞こえた気がして胸がきゅっと締め付けられた。

彼は仕事帰りのスーツ姿で、それももうさまになっている。記憶の中の姿よりずっと大人びていた。きっと、彼のほうからしても、すっかり働く社会人となったわたしの姿は記憶と少し違うだろう。

遠目で見ると知らないサラリーマンみたいだった彼は、話している表情をよく見ると大学生の頃のどことなくぶっきらぼうで無愛想なキャラクターの面影が覗く。

そうそう。確かこの、ムスッとして強面なのに笑ったときに八重歯(やえば)が覗くのが好きだったんだ。

何人かと歓談し、お酒を少し飲んだ。ビュッフェからできたてのパスタを小皿に盛って、フォークでくるくると巻いていると、ピザをのせた皿を持った彼が目の前に来た。

「かり……照井(てるい)、元気そうだな」

今、花鈴(かりん)て言いかけたのを慌てて名字呼びにしたな。

「上原(うえはら)君もね」

わたしもそれに倣って平良君を名字で呼んだ。

わたしのほうも声をかけるかどうかずっと迷っていたけれど、彼もやはり迷ったのだろう。そんな、少し遅いタイミングだった。

浮気や喧嘩別れではない。あの頃、日々の忙しさに都合が合わず、新しい生活に呑み込まれたわたしたちは疲れていた。そうして、だんだん無理して時間を作って会うことが楽しみより負担になっていってしまった。双方合意の別れだった。

彼は別れた彼女であるわたしに対して、よそよそしくならない程度に距離をとってくれていて、すっかり大人になっているなと感じる。昔はそんなに器用じゃなかったので、もう、半分くらいは初対面な気持ちだ。

それでも、話してみると驚くほど話しやすいし、彼の持つ空気感だとか、笑いどころだとか、すごく馴染みやすかった。だから結局そこからは長々と話し込んでしまった。最初は軽い緊張を感じさせた彼の表情も、気づけばすっかり解けている。

「そういえば、あの家、さすがにもう引っ越したよね？」

「引っ越してない……来るか？」

「え？　行ってみたい……けど、彼女とかいないの？」

「少し前に別れたんだよ。そっちは？」

わたしも恋人とは半年前に別れていた。


結局、お開きのあとに平良君の懐かしい住居にお邪魔することになった。こういうのはなんとなくあまりよろしくない流れとは思いつつも、あの部屋を見たい好奇心に勝てなかったのだ。

すっかり暗くなった夜道をふたりで歩く。

「言っとくけど、変なこと期待しないでよね」

別れた男が急に連絡を寄越してくる、その理由の九割は性欲解消のためだと聞いたことがある。彼は連絡を寄越してきたわけじゃないし、そういうタイプにも思えなかったけれど、ひとり暮らしの家に行くのだから一応念を押しておく。

彼は仏頂面（ぶっちょうづら）で「しねえわ」とボソリと返す。やっぱり根は変わっていない。彼だ。

懐かしい坂道の手前まで来て、すぐに違和感を覚える。

「なんか家畜の匂い、薄くない？」

「薄いもなにも……」

「え？」

「もうあそこはないよ」

「えぇっ？　今、確かに匂いがした気がしたのに……もしかして上原君がいるから匂いがした気がするのかな。わたしもう、家畜臭っていうと上原君を思い出すから」

「…………」

平良君は少し悲しそうな顔をした。

「俺は……照井のこと、焼きそばの匂いでよく思い出してたけどな……」

「え？　ああー」

あの頃、わたしが作れるものは情けないことに焼きそばだけだった。だから彼の家に遊びにいったときにはよく作っていた。カット野菜のパックと豚肉、市販の麺と付属の粉をかけて作る、変哲（へんてつ）のないものだ。

「俺は、家畜臭か……」

平良君は残念な溜息を吐いている。

「え、でも、悪い意味じゃないんだよ」

「家畜臭にいい意味あったのか？」

「いや、女の子のこと思い出すときにソースの匂いだって大概じゃない？」

そう言うと、確かにそうだと思ったのか、黙り込む。

「ねえ、ちょっと戻ってさっきのコンビニ寄っていってもいい？」

「何を買うんだ？」

「焼きそばの……材料を」

「焼きそば？　なんでまた」

「なんか懐かしくなった。家畜がいなくなって寂しいから……せめて思い出の焼きそばを作ろうかなって」

あの頃、真夜中にふたりで「お腹減ったね」と言い合って食べた焼きそばは妙においしかった気がする。

部屋にはソースのいい匂いがしていて、綺麗な茶色の麺に、青のりをたくさんかけて、マヨネーズも途中からかけて。紅しょうがも入れて。できたての熱々を食べたあの、ひとくち目の感動。たくさん笑いながら食べた。

ただの焼きそばなのに、思い出と一緒に燦然(さんぜん)と輝いている。急に食べたくなってしまった。

それに、せっかく来たのにあの頃と繋いでくれる家畜の匂いはもうなかった。焼きそばでもないと、懐かしさに浸りきれない。今の平良君にある、どこかよそよそしい、知らない人の気分はまだわずかに抜けてない。

「まぁ、いいんじゃないか」

徒歩一分、引き返してコンビニへと向かう途中で、平良君が聞いた。

「なぁ、もしかしてヨリ戻したいとか……思ってたりする?」

彼の口調はそうしたいだとか、それが嫌だとか、そんなものを含んでいなくて、まるで自分自身に問いかけるぽつんとした疑問のような響きだった。

「え? そこまで強い気持ちはないかなー……今なら友達になれる気もするし」

「まぁ……それもそうだな」

ただ、今なら友達になれるというのは、精神的なことであって、今後復縁せずにわざわざ連絡を取るかというと、やはりしないだろう。したとしてもきっと、どちらかに新しく恋人ができたときにすぐに途絶える関係にしかならない。やはり、その程度の軽い気持ちで昔過ごした家にふたりで向かうのはよくなかったかもしれない。

「わたしは、正直に言って嫌いじゃない。昔好きだったから好みのタイプではあるし。べつに嫌いだから別れたわけじゃない。でも……今もうあの頃の熱を思い出せない」

「うん……俺も、わかる気がする」

今、わたしたちはごく自然に復縁への流れに片足を踏み入れてしまっている気はする。お互い特に恋人もいない状態ではあるし、それなりの好感は持っている。

けれど、だからといって復縁してやり直すかというと話はまた別だ。そこにいて、ちょうどいいから復縁して付き合う、みたいなのは真面目なわたしにとっても、硬派な彼にとっても、何か違う。

そこにはきっかけとなる何かひとつが足りない。

ただ、何か、昔と今を繋げてしまうようなトリガーでもあれば変わるかもしれないけれど。

「平良君は？　ヨリ戻したい？」

思わず漏れたあの頃の呼び名。彼は黙って前を歩いていく。

「……んー、わかんねぇ」

コンビニの前まで来て振り返り、平良君があの頃みたいなムスッとした顔で口を開けて言う。

「とりあえず、焼きそばを食ってから考えよう」

冷やし中華始めました

同棲を始めるおりに互いの職場の中間地点であるこの街に引っ越してきた。

引っ越しから二年経ち、半年前に恋人は出ていってひとりになった。

自分勝手に出ていった元恋人に未練など少しもなかったけれど、もともと同棲のために引っ越した街だ。近くのコンビニも郵便局も公園も、そこら中に彼との思い出が散らばっていて、正直少し鬱陶(うっとう)しい。けれど、家賃も払えない額じゃなかったし、引っ越すのも馬鹿らしくて面倒だった。

自宅と駅の途中の道に一軒の中華屋があった。

見るからに古くてボロくて、夫婦で営んでそうな、食事時以外は閑散(かんさん)としているような店だ。こんなに近くにあるのに結局まだ一度も行ったことがないことに気づく。たぶんきっと、どこかで「行くぞ」と奮起(ふんき)しなければ永遠に行かない気がする店だった。

帰宅途中にふと目についた貼り紙。

『冷やし中華始めました』

もう八月だから、別に今日から貼られていたものではないだろう。たまたま目についたのが今日だっただけだ。

けれど、このお決まりの文言が私はすごく好きだ。見た瞬間に、吸い込む夜の空気に夏が紛れてくる。いい。すごく夏を感じさせる。

「暑い、暑い、今年も暑いっすねえ」

ぼやきながら私の隣を歩いているひょろりと縦に長い男は同じ部署の後輩、林田だ。彼とはたまたま最寄り駅が同じで、時々帰りが一緒になることがあった。

避けるほど疎遠な仲でもないので、途中で鉢合わせたときにはいつも一緒に帰り、くだんの中華屋の角で別れていた。

「ねぇ林田、冷やし中華は好き？」

「なんすか。藪から棒に」

「林田、その表現今あまり使う人いないわよ。冷やし中華について、答えなさい」

静かな声で命じると、「まぁまぁっすねぇ」とやる気のない答えが返ってきた。

「冷やし中華って、まぁうまいっすけど、わざわざ槍玉に挙げて好きって言うほどのもんでもないですし」

「あなた槍玉の使い方間違ってるわよ」

「沢城さん細かいっすよ。そんなだから振られるんですよ」

「余計な口を慎まないと、減給するように裏から手をまわすわよ」

「職権濫用やめてください」

林田はようやく貼り紙に気づいたようで、それをまじまじと見つめる。

「んで、冷やし中華がどうかしたんすか」

「夕飯にしようと思って。あなたも食べたいなら奢るけど」

「奢りなら食いたくないはずないじゃないですか！」

「単純でよかったわ。入りましょう」

ここで林田でも誘わなければ、たぶん面倒になって行かないだろう。是が非でも行きたいというわけではないけれど、少し気になっている程度の店とは、そんなものだ。

元恋人が出ていった直後はそれなりに落ち込んだけれど、かなり持ち直し、さりとて新しい恋のタイミングもなく、生活にマンネリを感じていたところだった。もし冷やし中華がさほどおいしくなかったとしても、ダラダラ見逃していた日常の小さな気掛かりをひとつ試せたという小さな清々しい気持ちは味わえることだろう。

店の戸を開けてふたつしかないテーブル席のひとつについた。食事時のピークを過ぎた店内はほどほどに空いていて、エアコンが効いていて涼しい。

カウンターの奥にはイメージ通りの中華屋の主人がいて、その奥さんらしき人がお水を持ってきてくれる。

なぜか林田がメニューを熟読していたが、すぐに冷やし中華をふたり分注文した。

天井近くに置いてあるテレビでは、高校野球のニュースがやっている。

やがて、トマトと玉子と胡瓜とハムがのった、冷やし中華のお手本みたいな冷やし中華が出てきた。

「いただきまーす」

「す」を言い終わるか終わらないかのうちに林田は麺を口に入れた。景気よくズルズルと麺を啜る。

その食べっぷりはなかなか見ていて気持ちのいいものだった。

この、互いを異性としてまるでなんとも思っていない関係性の男女は、ただ食事をしたいときに、しがらみがなくて非常に楽だ。ひとり飯の寂しさはないが無理に話すこともないし、好かれようとしなくてもいい。ほどほどのどうでもよさと、ほどほどの好感がある。

改めて、ちょっとボロくて、入ったことのない個人経営の中華屋に入るのに林田はうってつけの人材だったと思う。

麺を胡瓜と一緒に口に入れてすぐ思う。

あ、さっぱりしてていい。

暑さで少しバテていたから余計に喉越し（のどご）しのいい麺が心地よく感じられる。それに私は酸味も欲していたんだ。

麺はラーメンよりちょっと黄色が鮮やかに感じられて元気が出る。つゆはラーメンスープともソーメンつゆとも違う、冷やし中華のために考えられた冷やし中華にだけお似合いの味だ。

思った以上に変哲のない味ではあったけれど、定番のそれは夏の夜の空気感と相まって、しみじみ入ってよかったと思える。しばらく、私は夏と冷やし中華に浸った。

からからと音を立てて店を出ると見慣れたいつもの道がある。

それなのになぜだか私はとても清々しい気持ちになっていた。

過去に元恋人と行ったことがない店に入ったからかもしれない。その瞬間にいつもの街が小さく生まれ変わっていた。

私は出ていった恋人のことをもう好きではなかったけれど、彼のいた生活そのものはまだ忘れられていなかったのだろう。

ようやく『彼と過ごした街』が、ただの『私の住む街』になった気がする。

ほんの少し寂しい気もしたけれど清々しさが勝るその寂しさは嫌いじゃないものだった。

「林田、ありがとう」

「なんすか。藪から棒に」

「あんたもたまには役に立つわね」

「よくわからないすけど、俺は前からデキる男っすよ」

「むしろ逆よ。空気のような男でありがたかった」

林田は一瞬だけ不服そうに何か言い返そうとしていたが、腹が満たされて眠くなったのか、だらしないあくびをする。

「じゃあ俺帰りますね」

「うん、また明日ね」

「あ、ごちそうさんでした」

林田とはいつものように中華屋の角で別れ、それぞれの家へと帰っていった。

こんな、なんでもない夜に、気づかずに引きずっていたものから抜け出せたのはこの店と、冷やし中華と、ついでにちょっとだけ林田のおかげだ。

食いしん坊の幽霊

俺が幽霊に取り憑かれたのは八月五日の蒸し暑い夜のことだった。

その幽霊は二十歳前後に見える女だった。

白い肌に整った顔立ち。黒くて長い髪がさらさらと揺れる。吐き出す声も涼やかで甘さがあり、およそ見たことのない美少女だ。ちょっと落ち込みやすいけれどいい子で、難を言うならば生きていないということぐらいだろう。

「これ、落としたよ」

会社帰りに、歩道橋で前を歩く彼女がはらりと落としたハンカチを拾ってあげたのが始まりだ。

まるで恋の始まりのようであるが、実際は取り憑かれるきっかけとなった話だ。

彼女はそのままふらふらと俺の部屋までついてきてしまい、今もなお居座(いすわ)っている。

夜中に部屋の隅(すみ)から「ひっく……ひっく……ひぃん」と女の啜り泣く声が聞こえて目が

覚める。

白いワンピースを着たひまりちゃんは部屋の隅で膝を抱え、青白い顔で泣いている。

しかし、俺は元ホストの現サラリーマンだ。この手の女の子への対応には慣れていた。

「ひまりちゃん？　ま～た泣いてんの？」

俺は幽霊の隣に座り込む。

「ほら～泣かないの。俺がいるでしょ？　よしよし。辛かったね。ひまりちゃんは頑張ってるよ」

肩を抱いて頭をポンポンとする、ふりをする。触れてはいない。ひまりちゃんは半透明でスカスカしてて触れられないのだ。

「湊君……」

「ね、そろそろ話してくんない？　俺、いっつも泣いてるひまりちゃんを見てられないんだよ」

「うん……あのね、心残りがあるの」

「それが叶えば成仏できるんだよね？　俺、ひまりちゃんのためならなんでも協力するからさ」

ひまりちゃんは涙を浮かべながら仄暗い瞳をじっとりと俺に向けてくる。

「……湊くんは私にいなくなってほしいの？」

ぎくりとした。

「そ、そんなことないよ～……ひまりちゃんは可愛いし優しいし、俺にはもったいないくらい素敵な子で、俺だってもっと一緒にいたいけど……やっぱりひまりちゃんの幸せのためには成仏したほうがいいと思うから……」

「う、うん……ありがとう」

こんな問答を繰り返して早一か月になるが、彼女は心残りをなかなか教えてくれない。

＊＊＊

「ただいまあ」

「おかえりなさい湊君！」

ひまりちゃんは帰宅するなりふわふわと俺の周りをはしゃぎまわる。そのたびに天井近くでパン、ピン、とラップ音が跳ねた。

彼女がまとわりつく中、コンビニ弁当を食べながら聞く。

「ね、そろそろ教えてくれない？　俺、ひまりちゃんが悩んでいること、知りたいんだ」

ひまりちゃんは可愛いし、いい子ではあるけれど、正直なところ、このままだと新しく彼女も作れないし、困っている。

倫理に厳しいこの時代に差別的と言われるかもしれないが、俺は彼女にするのはできたら生きてる人間がいいのだ。最悪触れれば死んでいても許容できる度量の広さは持ちあわせているつもりだが、スケスケなのだけは断固として無理なのだ。

そうして、その日ようやく彼女は心残りを教えてくれた。

「私ね……昔から体が弱くて、入院してばかりで……ずっと、食べたいのに食べれなかったものがたくさんあるの」

え？　俺の心に一瞬危機感が過ぎる。

幽霊が食事できるわけはないから、それ絶対成仏できないやつじゃん。すごく困る。

こんなことをいうと悪い男に思われるかもしれないが、ひまりちゃんは俺にとってちょっと付き合うのはよくても結婚相手にはできない女なのだ。

「たとえばどんなものを食べたかったの？」

ひまりちゃんは指を折りながらぽつぽつと教えてくれる。

「とんかつ、焼肉、餃子(ぎょうざ)、チャーシューメン、にんにくチャーハン、苺チョコクレープ、サーロインステーキ、チョコレートパフェ、マルゲリータピザ」

確かに、どれも病院では出そうにないラインナップだ。しかし、何をどうしたって現状死んでいる以上それらを食わせることはできない。

ひまりちゃんは思いついたように言う。

「あ……もし、よかったら湊君、代わりに食べてくれない？」

「え？　俺が？」

「うん、湊君とわたしはラブラブで、もう一心同体みたいなものだから、そうしたら……きっとわたし……満足できる気がするの」

俺はすぐさま考えた。焼肉、餃子、チャーシューメン、にんにくチャーハン、苺チョコクレープ、サーロインステーキ、チョコレートパフェ、マルゲリータピザだっけか。ひと月もあれば余裕でいけそうだな。

腕組みをして思考していると、ベッドの上にある俺のスマホが鳴った。

ひまりちゃんがしゅるん、と移動して画面を覗き込む。

「……お母さんからみたいだよ。出たら？」

ちっともさりげなくないスマホチェックにひやりとしながらも通話ボタンを押して耳に当てる。途端、がなり声が耳元に鳴り響いてきた。

『湊！　あんた！　散々言ったのに結局正月も帰ってこんで！　もう三年も帰っとらんのよ！　隠れて犯罪とかしとらんでしょうね！　もうお母さん、お父さん連れて今週末そっち行くけんね！』

「………………ええ」

それだけ言われて、ブツッと通話が切れた。

通話を切った俺はひまりちゃんを見つめる。

ひまりちゃんはきょとんとした顔でこちらを見ている。

俺の実家は寺だ。普通の人には見えないであろうひまりちゃんも両親にはバッチリ見えてしまうだろう。

幼少期からさんざん気をつけろと言われていたのに同棲しているありさまだ。バレたらド田舎の実家に連れ戻されて修行させられるかもしれない。それだけは絶対に嫌だ。

今日は月曜日だ。週末までになんとかしてひまりちゃんを成仏させなければならない。

「わかった！　俺、ひまりちゃんのためにがんばるよ！」


翌日火曜日の夜。

俺は会社帰りにひまりちゃんを肩に乗せ、さっそくとんかつを食べにいった。

「とんかつは一番の憧れだったから、とんかつが最初ね」と言うひまりちゃんのリクエストだ。

俺もとんかつなんて久しぶりだった。

こんがり揚げられたきつね色のとんかつは、たっぷりのキャベツの千切りの上にそっとのせられている。紫のお新香と豆腐の味噌汁。ほかほかご飯。

ソースをたらす俺の手元を覗き込むひまりちゃんの目は真剣そのものだ。

とんかつはさくさくでやわらかくて、噛むとじゅわっとした肉のうまみが口に広がる。口の中で米とソースと肉汁が混ざり合いじんと染みるうまさだ。二切れ目には辛子も付けて食べる。

近くでひまりちゃんが目を潤ませ、はぁはぁしながら見ている。

「おいしい？　ねぇおいしい？」

「うん、んまいよ」

小声で答えるとひまりちゃんは頬を赤らめて、よかったぁと言った。本当にうまくて、あっという間に食べ終わった。

明日、水曜日には会社の送別会がある。夕食はそこでとることになるので明日は使えない。一日ひとつのメニューだけにしていると週末までに間に合わない。

俺はそのまま近くの喫茶店に入りチョコレートパフェを注文した。思ったよりでかいサイズが来て俺はたじろぐ。

ひまりちゃんは俺の肩越しにうっとりした顔で見ている。

口に入れると鬼のような甘さが脳天を突き抜けていく。俺は甘味はそこまで得意ではないのだ。これは時間をかけて食べると危険だと判断した俺は勢いよくパフェをがつがつ食べた。

木曜日には焼肉に行った。

ひまりちゃんが選んだカルビ、ハラミ、上ロース、牛タン、ホルモンを網で焼いてときにタレを絡め、ときに塩やレモン汁で食べる。米が進むのでつい食い過ぎてしまう。ひまりちゃんのリクエストでワカメスープとカルビクッパまで完食した。

「お、おいしい？」

「うん、すごくうまい」

食後は苺チョコクレープだ。つくづく胃弱じゃなくてよかったと思う。


金曜日。

今日中に残りのメニューを食わなければならない。

残りは餃子とにんにくチャーハンとチャーシューメンとサーロインステーキとマルゲリータピザだ。

夕食としては少しばかり多い。俺は昼を抜いて備え、それらに挑んだ。

余裕があるうちに片付けておきたいステーキを先に平らげ、中華屋でチャーシューメンとにんにくチャーハンと餃子を食べた。だいぶパンパンの腹でひまりちゃんがご所望のピザ屋に行き、マルゲリータを買って家で必死に食べ始める。

「おいしい？　ねぇおいしい？」

「ふむんぐっふ……」

「湊君！　頑張って！　あとちょっとだよ！」

「ふむぐ……ああ……食ってみせるよ」

俺はひまりちゃんに親指を立てて見せる。


土曜日の朝、俺はどこかの絵本の青虫のようにお腹が痛くなって泣いていた。

胃薬を飲んでベッドに倒れている俺の枕元にひまりちゃんがいた。

「湊君、ありがとう、ありがとうね」

「ひまりちゃん……」

まだいたんだ……と言う言葉は酷いので寸前で呑み込んだ。

そしてそのときだった。

「湊！　みなと～おらんの？」

うっかり玄関の鍵をかけ忘れていたため、両親が乱入した。

そして、幽霊の隣で倒れている俺を見て、ふたりは揃って目を丸くする。

「あっ、悪霊！」

父がすぐさまポケットから数珠(じゅず)を取り出す。

俺はとっさに叫んだ。

「違う！　ひまりちゃんは悪霊なんかじゃない！」

俺の声は大きくて、部屋に響いた。

父は俺の必死の形相を見て数珠を持った手を下ろした。

俺はもう一度、静かな声で言う。

「父さん……やめてくれ」

隣にいるひまりちゃんが瞳を潤ませる。

「湊……くん……」

呟くように言って俺の手を取ろうとしたが、当然のごとく取れなかった。

「私ね、食べたいものもあったけど……本当の本当は……彼氏が、ほしかったんだ」

「うん……知ってたよ」

「ありがとう」

「…………」

「でもこれ以上は湊君に迷惑だって知ってた。私、そろそろ行くよ……ありがとう」

「うん」

ほっとする気持ちと同時に一抹（いちまつ）の寂しさを覚えながら、俺は頷いた。

「それでね、湊君。最後に、お願いがひとつだけあるの……聞いてくれる？」

「ああ、なんでも聞くよ」

＊＊＊

俺は両親と共にひまりちゃんの墓の前にいた。

墓の前には今さっきお持ち帰りで買った揚げたてのとんかつが供えられている。

彼女の家族がうっかり見たらひっくり返りそうなシュールな光景ではあったが、本人の希望なのだから仕方ない。

「ひまりちゃん……どうかやすらかに」

俺は両親と共に黙祷（もくとう）した。

あれから数年経ったが、俺はいまだにとんかつ屋の前を通ると彼女のことを思い出す。

あいびき

今日の夕飯にはハンバーグを作ろう。

それも、いつものスーパーじゃなくて、駅前のちょっとお高いスーパーで材料を買ってしまおう。

そう思って駅前のスーパーに行ったら、目撃してしまった。

そこには会社に行っているはずの夫と、若い女性が連れ立っていたのだ。

向こうは私に気づいていない。私は醤油のある売り場からそっと観察した。

寄り添っているというほどではない距離だ。しかし、ほどほどの仲のよさは感じさせる表情。見ていると女性はやたらと夫の腕や肩に気軽に触れている。あれは事後ゆえの気安さかもしれない。

昔からの幼馴染みとはいえ、結婚二年目。気持ちだけはまだまだ新婚だと思っていたのはどうやら私だけだったようだ。

じっと見ていると彼がぱっとこちらを向いた。

私はとっさに手近にあった特大サイズの醤油を掲げて顔を隠した。とっさとはいえ思ったよりズシリと重くて、その背に貼られた説明書きを熱心に見ている人を装うのはだいぶ苦しかった。通り過ぎた人が振り返って不審な目で見ている。

なぜ、私はわが身を醤油の方向に向けてしゃがみ込むという、もっと身体的に無理のない隠れ方をしなかったのだ。

特大醤油で顔を隠したまま、スススと移動して後をつけた。

いや、持って移動してどうするんだ。

私はおそらくだいぶ混乱していた。

時々夫がこちらを振り返る。そのたびに特大醤油を駆使して顔を隠した。

原材料をじっと、穴が開くほど見つめていたら、だんだん腕が痛くなってきた。運動不足の私にとっては、もはや筋トレグッズじゃないかという重さだ。

数回振り返ったのでもしかしてバレたのかとヒヤヒヤしたけれど、特大醤油がこっちを見ていれば誰でも気にするかもしれない。バレてるのはたぶん私じゃなくて醤油だ。

ふたりは仲睦(なかむつ)まじくベタベタと買物を終えると店を出ていった。なお、仲睦まじくベタベタというのは私の嫉妬に満ちた主観によるものだ。

そこに残されたのは特大醤油と私だ。

息がハアハアと切れていたのと、心臓がドクドクと騒がしいのも、きっと醤油が重かったからだけじゃない。

呆然としながらも会計をすますと店を出た。

落ち着け。落ち着け私。

まだ浮気と決まったわけじゃない。現場はホテルじゃなくてスーパーだ。むしろ浮気じゃない可能性のほうがまだ高いのだ。

ただ、私は家で翻訳のアルバイトをしているのみなので、ほかの男性とはあまり関わりなく、夫だけが会社勤めだ。大学を卒業してからは特に、夫とほかの女性との絡みを目にすることがなかった。だから突然必要以上に仲良くしている様を見せつけられて、激しく動揺していた。

家に戻ってもしばらく呆然としていた。さっき見た光景が何度も頭を駆け巡っていく。

数時間後に我に返る。

私は何をしようとしていたんだっけ。

そうだ。ハンバーグだ。ハンバーグを作ろうとしていたんだ。こういうときこそ何事もなかったかのようにいつも通りの動きをするべきなのだ。

予定通りハンバーグを作ろうと、玉ねぎを刻みはじめた。

しかし先ほどの光景がゆらりと脳裏に蘇り、嫉妬の憎しみがふつふつと湧いてくる。怒りを目の前の玉ねぎに向かって発動させる。

「くらえ！」

ダン！　大きな音を立てて、玉ねぎを攻撃する。

憎しみの一撃、渾身の一刻みだ。

何の権利があって、私の夫にあそこまで身を寄せていたのだ。

くらえ。くらえ。トドメだ。

ただの八つ当たりなのに、玉ねぎからの反撃に遭い、じわ、と涙が出てきた。

うう……私が玉ねぎにすら負けるような女だから浮気されたんだ……。

料理というのは意外とメンタルが影響する。

集中力を欠いていると、ひとつひとつの工程が少しずつ足りなくなり、失敗してしまう。

その日もそうだった。玉ねぎの刻み方はやや不揃いで雑だったし、飴色にならずに一部が焦げた。タネの混ぜ方も足りてない。入れるはずのスパイスもいくつか入れ忘れて成形してしまった。形はどことなくいびつで、焼いたら当然のように表面だけ焦げた。なのに、少し割ってみると中は生焼け。こんな失敗は久しぶりだ。レンジを駆使してなんとか火を通す。

自分の分を味見してみると、なんとも腑抜けた味がした。せっかくちょっとだけお高い合挽きを買ったというのに、夫の逢引きのせいでだいなしになった。

しかし、いかに腑抜けてておいしくなかろうとも食すのは可能なのだから捨てるのはもったいない。

諦めて皿に盛り付けていく。たぶん言い訳をたくさんしながら「さほどおいしくないよ」を何度も言ってハードルを下げてから食べさせることになるだろう。

いや、いやいやいやいや。

なぜ私が言い訳をしなければならないのだ。そもそもこのハンバーグが腑抜けているのは夫が浮気したのが悪いのだ。言い訳をすべきなのはあっちだ。私じゃない。

腑抜けハンバーグの盛り付けが終わった頃、玄関扉が開く音がした。

「ただいまー澄(すみ)ちゃん」

ふたつ年上の夫とは中学からの付き合いで、その頃の呼び名が今でも使われている。

「澄ちゃん、今日駅前のスーパーにいたよね?」

「えっ!?」

まさか、向こうから抜け抜けとその話題に触れてくるとは思わなかった。

「声かけてくれたらよかったのに」

「………」

「あ、急だと気まずいかぁ」

どういう神経で言っているんだ。夫が女と浮気しているところにうっかり出くわしたら気まずいに決まってるだろう。

「偶然だね、何してんの？」「え、今？　浮気中」「あ、そうなんだ。頑張って。今夜はハンバーグだよ」なんて軽々しく言えるほど私は神経が太くない。

「スーパーなんて……行ってない」

なんとなく、まだ触れる勇気がなくて、ごまかそうとした。夫は無言で床を指さす。

そこには、結局カゴに入れたまま会計に行ったせいで、まだぜんぜん必要のない特大サイズの醤油が鎮座していた。

「その醤油に隠れてたの、澄ちゃんでしょ」

夫が笑いながら言う。

「ああそうだよ！　あのときの醤油は私だよ！」

昔助けられた亀か鶴みたいな台詞（せりふ）を怒りながら吐いたわたしは夫を睨みつける。

夫はどこかきょとんとした顔をした。

そうして、テーブルの上の焦げたハンバーグを見て、何かに気づいたような顔をした。

「ん？　澄ちゃん、なんか怒ってる？」

私はまだ胸の怒りをちっとも散らせていないし冷静にも話せそうにない。ふいと顔を背け、特大醤油を持ち上げて顔を隠した。一応外向けには大人をやってるのに、昔から少し上のお兄さんだった夫の前では甘えが前面に出て幼児退行しやすい。

「おーい澄ちゃん、何やってんの」

夫は苦笑いして、私の目の前にしゃがみ込んだ。

「澄ちゃーん……一緒にいたのは会社の人だよ」

「……会社の人と浮気してたの？」

「いや、向こうも既婚者だし。子どももいるよ？」

「ダブル不倫てこと？」

「困ったな……なんでそう思ったのかは知らないけど、今日、社長の奥さんの誕生日でさ、サプライズパーティしたんだよ。その買い出しに出てて」

夫の会社は話を聞く限り、小さいがとてもアットホームなところだ。社員みんなが仲が良い話だって聞いていた。しかし、聞くのと実際見るのとでは大違いだった。

「体、近過ぎだったよ」

「ごめん。気をつける」

夫は嬉しそうに笑って謝った。

「なんで笑ってるの！」

「いや、澄ちゃんに焼きもち妬かれるの大学卒業以来だと思ってさ」

私はその昔、果てしなく焼き餅妬きだった。焼き餅を妬くのはもはや趣味というレベルで嫉妬深かった。

普通ならウザいだろうというレベルだが、夫は私に焼き餅を妬かれるのが嬉しいらしく、いつもほこほこしていた。こういうのをきっと破れ鍋に綴じ蓋というのかもしれない。

しかし、結婚してしばらく経つと学生時代のように複数を交えた関係ではなく、一対一で接することが増えていき、焼き餅も緊張感も激減していた。私にしても久しぶりに思い出した感覚だった。

ああ、私、この人のことまだまだぜんぜん十分好きだったんだなあ。

しみじみとそう思って夫の顔をじっと、穴が開くほど見つめる。夫は、ニコニコニコニコニコしていた。

「今回は……推定無罪！」

「はあい。じゃあ、いただきます」

夫はニコニコしながらテーブルについて、焦げたハンバーグを完食した。

たくさん食べる彼女と私

私はいつからか、弁当の独特の匂いが苦手だった。

密封された食物が時間経過と共に発するその匂いはたぶん、すえた匂いの何歩か手前のもので、だからいつも私はえずきそうになる。弁当は中身がなんであれ弁当というだけで、あまり好きじゃない。いや、本当は嫌いだった。

＊＊＊

辻元(つじもと)さんは同じ高校の同級生で、別クラスの女生徒だった。

高校三年の二学期ともなればおそらく互いに顔くらいは知っているけれど、知り合いというほどでもない。陽キャで少しギャルな彼女と、どちらかといえば大人しく勉強をしている私とでは住む世界が違っていたし、興味だってなかった。特に嫌いなわけでもないが積極的に関わる対象じゃない。

昼休み、裏庭の端に置かれているベンチのひとつに私が、反対の端に辻元さんがいた。ふたりとも普段友達がいないわけではないけれど、ひとりで昼食をとっていた。これくらい距離が空いていると、気まずさに避けることもない。

辻元さんはベンチにスマホを置いて、ばくばくお弁当を食べていた。どうやら痩せの大食いのようで、お弁当を食べ終わったそのあとにカップ麺とポテチを開けて食べている。さらにそのあとプリンを食べた。ゴミを袋に纏めると、ぷはーと親父くさい仕草でお腹をぽんとして数秒、満足げな猫のような顔で日光浴をしていた。

それから立ち上がってスカートを払うと私の目の前を通って戻っていく。途中、ちらりと私のほうを見た。

私の弁当は、ほとんど減っていなかった。けれど、もう昼休みの残り時間も少ない。

諦めて蓋をしようとしていたところ、辻元さんの目に入ったようで、びっくりした声を上げられた。

「え？　もう食べないの？」

「……うん」

「もしかしてそんなにマズイの？」

「そういうわけじゃないけど、お腹いっぱいなんだ」

辻元さんが大股で近くまで来て、私の弁当を覗き込む。

「なーんこれ！　めーちゃくちゃ綺麗でおいしそうじゃん！」

そう。母が作った私のお弁当は見栄えもとても綺麗だし、前日から仕込みをして、すごく手間もかかっている。

それはわかっている。わかっているから食べられないのが余計に申し訳なく辛いのだ。

「冷食ばっかじゃないし、すごく気合い入ってる」

辻元さんが心底感心したようにつぶやく。

私にも、食べたい気持ちはあった。しかし、蓋を開けたときに少しでも弁当の匂いがするとそれだけで食欲が失せてしまう。そこからはもう気持ち悪くて受け付けないのだ。いつも半分くらいは頑張っているけれど、完食できたことはない。

そして、私はそのことをずっと、親に言い出せずにいた。

伝えれば、せっかく作ってくれているお弁当を、まずいから辛いと拒絶することになる。

「そんなに少食なの？　親に言って減らしてもらったら？」

「うん……そこまで少食ってわけでもないし、お腹は減るんだけど……」

「え？」

「実は……お弁当の、匂いが苦手で……」

「匂い？」

「コンビニのお弁当とかはあまりしないかも。開けたときにするむわっとした匂い」

「あーあるね。あーしはあんまり気になんないけど。アレ、おかずが何でも同じ匂いするよね！　米なんかねえ？」

辻元さんが冷静に分析したあとに首を捻る。

「それで食べれないの？」

こくりと頷くと、辻元さんが自分のカップ麺の空のカップに入ってた割り箸で私のお弁当箱のミートボールを摘み上げ、自分の口にぽいっと入れた。そうして、咀嚼しながら満面の笑みになった。

「……うっわっ！　おいし！　これ手作りじゃないの？　ものすごくおいしいよ！」

「え……そう、なんだ」

ものすごく嬉しかったし、救われた。

彼女は私がどうにもできなかったそれを、いとも簡単に、おいしく食べてくれた。

弁当箱をさらに差し出す。辻元さんは今度は玉子焼きを摘んだ。

「んむ～これもおいっしー！　お出汁の味と甘いのと……さいこー、至高の玉子焼き」

ぽろり、心にのっていた小石がひとつ落ちる。

「これは、チクキューだ。あ、梅が入ってる！　食感面白いよね！　これもすごくおいしい！」

本当に、すごくおいしそうだった。

彼女がおかずを丁寧に、とてもおいしそうにひとつ食べるたびに、心に乗っていた小石がひとつ、またひとつと、ことり、ことりと落ちていくかのように軽くなっていく。

私は辻元さんが食べるのを、目を逸らさずにじっと見ていた。本来自分が食べるべきものを人に与えたからにはきちんと見届けるのが責任であるかのように、彼女が食べるのを丁寧に見つめ続けた。

弁当箱の中身はまたたくまに減っていく。何かが浄化されていく気がした。

よかった。

お弁当がちゃんと、おいしく食べてもらえている。本当によかった。

気づくと、涙で目の前が潤んでいた。

「え？　なんで泣いてんの。やっぱ食べたかった？」

「……っ、ありがとう」

私はぶんぶんと首を横に振る。

「ずっと……毎日、食べきれなくて……申し訳なく思っていて……」

母は負けず嫌いなところがあって、私が残したおかずは次からなるべく出さないし、どんどん改良していく。けれど、どんなにおいしく作ってもらえても、駄目だった。なるべくギリギリに作ってもらってきちんと冷まして蓋をして、保冷バッグにも入れている。けれど、一限から四限の間の時間経過に勝てない。

辻元さんは私の座っているベンチの端にあぐらをかいていたけれど、片膝を下ろして言う。

「ねぇ、家帰ったら、ママに言ってみなよ！　お米と弁当箱やめてサンドイッチをラップで包んでもらうとか、なんが匂い出ない方法あるはずだよ」

「ん……そうだよね……」

「もし言えなかったら、明日もここで食べなよ！」

「え？」

「言えるまでは、あーしが食べてあげる！」

辻元さんがニッと笑う。

「ありがとう」

重い荷物を下ろせた私はその日、ようやく母に自分の気持ちを伝えることができた。

そして、その後の人生で数十年以上の付き合いとなる親友を得たのも、この日だった。

アイスクリームが溶けるまでに

ここは片田舎の通学路。帰り道の途中のバス停の軒下。

わたしは同じ中学に通うクラスメイトの中村君と、隣り合わせで立っていた。

バスを待っているわけではない。どのみちバスなんて滅多に来ない。突然降り出した雨を凌ぐため、小さな屋根の下にいる。

一緒に帰っていたわけじゃない。挨拶程度はするけれど、そこまで親しくなかった。もともとは先にわたしがそこにいて、同じように傘がない中村君が来たのだ。

こちらに走ってくるその姿が目に入った途端、ドキッとした。

彼と帰り道が途中まで同じなのは知っていた。

普段男の子同士で群れる彼と、女の子同士で群れるわたしは、それまでふたりだけで話したことなんてなかった。

向こうもわたしに気づき、顔を合わせて小さく会釈だけ交わす。そうして黙り込む。

バス停の屋根は小さくて、肩があとほんの数センチでぶつかるような距離に彼がいた。

だから体の右半分だけ妙にくすぐったくて、余計に緊張している。一秒一秒が、すごく長く感じられる。

「あの……明日までの宿題、もうやった？」

黙っているのも気まずいと思い、ドキドキしながらものすごく当たり障りのない話題を振った。

「え？　なんて？」

しかし、ボロボロのトタン屋根に雨がぶつかる、ピン！　ドン！　ガン！　ボン！　というオンボロの鉄琴みたいな雨音に遮られ、聞き取ってもらえなかった。

うっすら笑みを浮かべ、なんでもないと首を横に振る。この状態で会話は難しい。

わたしはこの雨が止んだら、彼に話しかけようと考える。

いや、こんな機会はめったにないのだから、思い切って告白したい。

小五からもう四年間も恋心を燻らせている。よく授業中の顔を盗み見ていたし、休み時間に友達とふざけて笑っている顔だって見ていた。放課後には野球部の練習もこっそり見ていた。見ているだけの恋だった。ずっと告白はしたかったけれど、まず、するために呼び出す勇気が足りなかった。

だって、普段ほとんど話したりしないのに、呼び出したらその時点でもう告白みたいなものだし、振られるとしたら呼び出した場所に向かうそこまでの時間で断り文句を考えてもらうことになる。それは地獄の時間に思える。

そんなわたしにとって、これは絶好の機会だった。

この通り雨が止んだらそのときに告白する。

できるだろうか。できる気はあまりしない。考えているうちに、雨が止んでしまった。

そしてすぐに、今この瞬間に梅雨が明けたんじゃないかというくらいの強い陽が射してくる。

「暑いね」

隣にいる彼が急にボソッとしゃべったのでびっくりしてそちらを見た。

「……うっ、うん！」

まったく気の利いた返答ができなくて、やや大げさなまでにこくこくと頷いてしまった。

心配になって胸に抱えた鞄越しに顔を見ると、彼は照れたようにニッと笑ってくれた。

「戸川(とがわ)とは、あんま、話したことないよな」

「うん、ないね……」

答えたあとで、もう少し広げればよかったと後悔する。でも何も思いつかない。

やがて、正式に雨が終わったことを告げるかのように蝉(せみ)がジィジィミンミンとけたたましく鳴き始めた。眩(まぶ)しげに空を見上げた彼が言う。

「……帰る？」

「う、うん」

揃って歩き出した。誘われたのかどうかはわからないけれど、どのみち方向は同じだ。よし。わたしは新たな決意を固める。

別れ道が来る前に告白する。

しかし、彼が急に脇道に逸れたので、思わず立ち止まって見つめる。通り沿いにある駄菓子屋のほうに行ってしまった。まだ時間はあると思っていたので、予想外の動きに困ってしまう。彼が振り向いて手招きするから、わたしも追いかけた。

彼は駄菓子屋のアイスケースを開けている。

「アイス食べるの？」

「ああ、戸川も食べる？」

「え？　うん。暑いし……そうしようかな」

ほっとして頷いた。

彼が手に持ったアイスをふたつ見せてくる。

「戸川、どっちが好き？」

ソフトクリームみたいな形のやつと、四角いシャーベットタイプのアイス。この駄菓子屋のショーケースには、これのほかは細長くて真ん中で割れる家庭用っぽい、カラフルな氷菓子しかないのだ。

「こっちかな」

ソフトクリームタイプを指さすと、彼は駄菓子屋の主人にお金を渡し、わたしにアイスクリームを差し出した。

「……おごる」

「え？　なんで……？」と言いかけて「ありがとう」と言い直した。なんとなく聞くと困らせる気がしたのだ。

わたしと彼は、今度は駄菓子屋の端っこのベンチで座りながらアイスクリームを食べ始めた。

このアイスクリームを食べきる前に、思い切って告白する。アイスクリームを食べきる前に告白をする。胸の中で何度か唱える。

けれど、そう思ったら勇気が出なくて、ぜんぜん食べ進められない。

ちびちびと舐めていたが、アイスクリームはどんどん溶けてきている。

溶けきる前に食べなければならないのに、食べ終える前に告白しなければならないので食べられない。

早く言わなきゃ。アイスクリームが溶けてしまう。言えずに帰ったらきっと家で後悔する。

心は目一杯暴れているのに、舌にのるアイスクリームだけは真っ白で、わたしの焦りなんてぜんぜん関係ない感じに冷静で甘い。それなのに、残酷なまでに時間の猶予を減らしていく。食べきったとき、告白もできてなかったし、わたしの手も、足元も、溶けたアイスクリームでベタベタだった。彼が手招きする。

「こっちに水道あったから」

そう言って今度は駄菓子屋の裏手に連れていかれる。わたしは蛇口を捻って無駄に丁寧に手を洗い始めた。手を洗いきったら言う。今度こそ言う。

そう思ってゴシゴシ水で流すけれど、もう、洗いきっても言えないような予感がしていた。最初にあった少ない勇気が、時間経過ですっかりしぼんでしまっている。

たぶんきっと、このまま帰宅することになる。それで家に帰って、どうして言えなかったんだろうって落ち込むんだ。

もう時間がない。もっと時間が欲しい。もっと大きいアイスクリームなら時間が稼げたのに……わたしの頭に一瞬だけ、駄菓子屋より巨大なアイスクリームが浮かんで消えた。

ああもう、こんなことなら……いっそ……やけくそじみた思考で空を睨んだ。

隣から小さな声が聞こえてきた。

「また、雨……降んねえかな……」

それは、ほんの小さな声だったけれど、わたしが今まさに考えていたこととまったく同じだった。

洗ったばかりの手のひらに、勇気がふわんと落ちてきた。

「……中村君、わたし、言いたいこと、ある」

「え？　あ……俺も実はあって……」

わたしたちは、同じ内容をほぼ同時に伝え合った。

父と枝豆

父は本当においしそうにビールを飲む。

そして同じくらい幸せそうに枝豆を摘む。

いつも、見ていると飲みたくなるのでひとくちもらうけれど、私にはやっぱり苦いだけの液体だった。

毎日飲むわけではない。もう何十年も、毎週決まって金曜と土曜日の夜。

書いてもらいたい書類があって半年ぶりに帰省したその日は土曜日だったので、居間にはやはりビールと、大量の茹(ゆ)でたての枝豆が鎮座していた。

父は缶をぷしゅっと開けて、何かの儀式(ぎしき)のようにいつもと同じコップに綺麗に注ぐ。トットットッと流れる琥珀色の液体はいつも規則正しい三対七の比率で完成する。

父はそのコップを一度、満足そうに見て頷く。

口を近づけてごく、ごく、と喉を鳴らして三分の一くらい一気に飲む。それからはぁ、と溜息を吐くのだ。

それから、丁寧に塩梅を見て茹でた枝豆を摘む。最初のひとつはきまって数秒眺めてから口に入れる。ぷつりと中身を出して、いかにもうまそうな顔で小さな粒を味わっているのを見ていると、つい手を伸ばしたくなる。

現在二十五歳の私がこの家を出てもう三年が経つが、きっと私がいない間もこの儀式は繰り返されているのだろうと、そう思う。

「なぁ」

「なーに」

「……彼氏とは、うまくいってるのか？」

父には以前彼氏ができたことをちょこっとだけ話していた。今までもちょこちょこいたけれど、父に報告したのは初めてだった。それから何事もなく三か月が経っていたが思いのほか気にしていたのかもしれない。

今の彼氏とは付き合って四か月だけれど、仕事の関係で日曜にしか会えていない。会ったときには楽しく過ごしているが、まだまだこの先、性格の不一致が現れるかもしれない先行き未知数な時期だ。

「んー、まぁまぁかな？」

「それじゃあぜんぜんわからんぞ」

うちは早くに母を亡くして、父ひとり子ひとりの父子家庭だ。

父はそこまでおしゃべりなほうではない。思春期を過ぎてからは娘との接し方がよくわからなくなったのか、余計に無口になり、会話が減っていった。それでも、遅くなると駅まで迎えにきてくれたり、授業参観、運動会、卒業式などは欠かさずに来てくれていたので、愛情に乏(とぼ)しいと感じたことはない。

せっかく帰省したのに用事がすんだらすぐ帰るのも人情に欠ける。離れていても父のことは気にかけているし、父も私を気にかけてくれているのを知っている。

ただ、この年齢になって帰省しても話すことはやっぱりそんなにない。一緒にいるのに、気づくとしゃべっているのはテレビの中の人だけだったりする。

そんなとき私は枝豆を手に取る。

ぷつりと中身を出してほどよい塩っけのそれを口の中に入れる。食べるたびに思うけれど、父は枝豆を茹でるのが本当に上手だ。父の得意料理は枝豆と言ってもいいかもしれない。

緑色のつやつやした豆は見た目も可愛くて綺麗だし、おいしくてさらに不足しがちなたんぱく質まで摂(と)れてしまう素晴らしい食材だ。まだ温かい枝豆に塩っけと風味が混ざり合って、たまらない。

居間のつけっぱなしのテレビでは恋愛ドラマが映されている。

今はヒロインが恋人を連れて結婚の承諾を得るために、厳格な父がいる実家に向かっているところだった。

「今度さあ」

「ん!?」

父がやや大袈裟な仕草でテレビから私に視線を移した。妙な緊張感を感じたが、気にせずに続ける。

「お父さんの、枝豆の茹で方教えてよ」

「……なんだ。そんなことか」

「なんだと思ったの？」

父はまたグラスのビールをごくりと飲んだ。

「今度って言われたら……彼氏でも連れてくるのかと思うだろう」

……思うかなあ？

父はいつそれがくるのか、軽い緊張を抱いていたのだろうか。いや、今やってるドラマから連想しただけかもしれない。

ぷつ。ぷつ。ぷつ。枝豆を食べる。

冷凍で剥いてあって豆だけの状態のものも売っているけれど、私は蟹とかと一緒でこの、食べる前のほんの一手間が愛おしい。それに、そんなに話すことがなくて、すぐに話が途切れてしまう父とはこのくらいのペースで会話するのがちょうどいい。ゆっくりと咀嚼して、味わってからまた口を開く。

「んー……じゃあ、連れてこようかな」

父がビールで「ごぶしゅ」とむせる。思ったより動揺しているのだろうか。

テレビではお父さん役の俳優が『何しに来た！　帰れ！』と叫んでいる。まるで、父の心を代弁するかのようなタイミングだった。

「ほ、ほう。いいじゃないか」

「いいんだ？」

父は気をとりなおして枝豆を一粒食べてから言う。

「まぁまぁ、お前ももうそういう年齢だからな。そろそろだろうと思っていたし、どうということはないよ……ははっ」

軽い余裕を感じさせる台詞だったが、その声は掠(かす)れて裏返っている。

テレビではお父さん役の俳優が激昂した様子で『私は反対だ！　結婚なんてまだ早すぎる！』とのたまっている。

「いやしかし今は晩婚も多いから、無理することはないと思うけどな。もちろん将来的に考えることはいいことだと思うけれど、それはきちんと相手を見極めて本当にいいと思ったときに決めたほうがいい。一時の感情で決めることじゃない。うん。慎重さは大事だ」

父は異様な早口で一気にそう言ったあと、咳払いをして低い声で「いつでも、連れてきなさい」と言った。

『君にお父さんなどと呼ばれる筋合いはない！』


テレビの中では俳優がこの部屋で一番大きな声でお決まりの台詞を吐き出していた。

私と父はそれを見るともなしに見ながら、同時に枝豆に手を伸ばした。

ぷつ、ぷつり、枝豆を口に放り込んで咀嚼する。

「うん……でも、まだやめとこうかな……」

父も枝豆をぷつ、ぷつりと口に放り込む。

「…………まぁ、慎重なのはいいことだぞ」

父はテレビの画面から目を離さずに、どこかほっとした口調でそう言った。

デートのお作法

明日は初めてできた彼氏とのデートだ。

午前午後とまるまる一緒にいられる貴重な日にわたしは最初こそ浮かれていた。しかし、脳内でシミュレーションを繰り返すうちにひとつの懸念材料(けねんざいりょう)にぶちあたってしまう。

丸一日ということは絶対にどこかで食事をするはずだ。

わたしは手先が不器用で、食べるのがめっぽう下手だ。箸、フォーク、スプーン、何を使っても、慎重に運んでも大抵はこぼす。

両手で食べられるものは比較的安全だが、ハンバーガーは大口を開けるからデートではNGだと聞いた。

これが付き合い始めてもう何年かの親しい仲なら別だが、食べ方を見られたくないレベルでそこまでよく知らない。向こうは外で食べるつもりかもしれない。まだそこまで気安い仲ではないから、そういった打ち合わせをする勇気が出ないのだ。

彼氏は高校のひとつ上の先輩だ。先輩は私にとって神様みたいな人だった。彼は一分の隙もなく制服を着こなす。特技は書道。ぴしっとした眼鏡男子だ。

図書委員会でドジを重ねるわたしを何度も助けてくれて、好きになった。告白もバレバレなのに何度もしそびれて、結局察した先輩がかわいそうに思ったのか「付き合おう」と言ってくれた形だった。

まだ見たことはないけれど、先輩は絶対に食べ方が綺麗なはずだ。だって姿勢がよくて字が綺麗でしゃべり方も整っていて食べ方だけ汚いなんてありえない。

きちんとした先輩から見たらわたしの食べ方は幻滅ものだろう。どうしよう。見られたら絶対振られる気がする。早急にこの問題をなんとかしなければならない。

たとえば、今回はお弁当にしてもらう。お母さんに手伝ってもらって作ればなるべく食べこぼさないものにできるはずだ。お昼はいつもそれで凌いでいる。

しかし、今回を凌いだところで、付き合い続けていけばいつかは見られるわけで、その頃には気持ちは今よりさらに大きく育っているだろう。

嫌われたくない。軽蔑されたくない。思考がどんどん追い詰められていく。

どうせ関係が壊れるなら早い段階のほうがまだマシだ。

そう思ったわたしは先輩に電話をかけた。

ワンコールで電話がつながり、わたしはビクッと大きく震えた。

「あ、芳賀さん。ちょうどよかった。今僕も、明日のことでかけようと思っていたんだ。

かけてくれてありがとう」

早過ぎず、ゆっくり過ぎない、とても聞き取りやすい先輩のいつもの整然とした声が聞こえてくる。それだけでもう泣きそうになった。せっかく付き合えたのに別れたくない……でも、嫌われるのはもっと嫌だ。わたしは声を振り絞って言った。

「すみません……お付き合いの話なんですけど……」

「え？」

「や、やっぱり、なかったことに……」

電話の向こうで息を呑む気配がした。

「…………どうして？」

「どうしてもです」

「ほかに好きな人ができた？」

「そんな人いるはずがないです。先輩以上に素敵な人はいません！」

反射で正直に答えて、今のは嘘をついてのっかるべきだったのかもしれないと気づく。

「僕も芳賀さんのこと好きだよ」

「あ……はい」

電話越しで見えもしないのに手のひらで顔を隠してしまった。

「せっかく付き合えた彼女から、よくわからない理由で振られるのは納得いかない。理由を教えてもらえないかな？」

　ゆっくりとした優しい口調で言われ、涙がどんどん喉奥から込み上げてくる。

「わたし……幼稚園の頃に、右手を怪我してしまって……箸とか、フォークとか、あまりうまく使えないんです」

　左利きに矯正してみようとしたこともあったが、不器用なのも事実なので、余計に汚くなって断念した。当然のこと字も汚い。だから余計に先輩は憧れだった。

「食べ方が……いつも汚くなってしまって……先輩に、見られたくないです」

「…………」

　先輩は黙り込んだ。彼はいつも、よく考えてから返答をする。それを知っているので、電話越しにいつも彼がそうしている顔が浮かんだ。

「僕が今それを知って、大丈夫だよって言っても、芳賀さんはやっぱり気にしてしまう？」

「…………たぶん」

　また、長い沈黙があった。わたしはその間、自分から言い出したくせに別れを承諾されることに怯えていた。

　怖い。怖い。

　やがて、電話の向こうで先輩が話し出す。

「芳賀さんに言っていたかどうかはわからないけれど、僕の家はパン屋なんだ」

「え？　知らなかったです」

「明日は食べやすい形のパンを持っていくから、公園でそれを食べない？」

「…………はい」

パン。両手で持てば比較的危険は少ない。

それでも、どんな形のパンがくるかわからない。わたしは様々なパンを検索してシミュレートして、寝落ちした。

＊＊＊

結局翌日は正午近くに大きな公園で待ち合わせとなった。

わたしのハラハラした気持ちとは裏腹に先輩はにこにこしていて、その顔を見るとやっぱり好きだと思ってしまう。先輩は鞄から水筒とパン屋さんの袋を出して、レジャーシートを芝生に広げた。

「お昼、これなんだけど」

先輩は、予想以上にたくさんのパンを持ってきてくれていた。これはオレンジのクリームチーズのパン、こっちはクランベリーショコラ、これは栗とくるみのパン、そんなふうに中身をひとつひとつ説明してくれる。そうして、一目見て、コロッケサンドなどのこぼれやすいものはないのがわかった。ほっとして、笑みがこぼれる。

「これ、可愛いです」

中でもわたしの目についたのは可愛らしいクマの形のパンだ。

けれど先輩は「ああ、うん、それ……」と言って俯いた。妙な態度に、これに反応するのは子どもっぽかったろうかと、少し恥ずかしくなってオレンジのクリームチーズのパンを手に取った。

先輩が「食べて」と促してくるので、慌ててひとくち食べる。

先輩は自分は食べずにじっと観察してくる。ただでさえ緊張しているのに、食べにくい。どうしてそんなに見るんだろう。なんだか本当に下手なのかを観察されているような気になってしまう。

「あの……あまり見ないでください」

そう言うと先輩はハッとしたように居住まいを正した。

「ごめん。いや、その、今日のパン、実はさ……」

先輩は少し照れた顔で頬のあたりを小さく掻いた。

「父に相談して、僕も一緒に作らせてもらったんだ」

「ええっ」

パン屋さんって明け方より早くから起きて仕込むって、聞いたことがあるんだけど……そう聞くと先輩が少し眠そうに見えてくる。

「父が一緒だから変なものにはなっていないはずだけど……ちょっと緊張するね」

「す……すごく、すっごくおいしいです」

今まで食べてきたパンの中で、一番おいしいかもしれない。

さっきクマの形のパンについて触れたとき、先輩が少し変な反応をしたわけもわかった。そのクマは目の位置や大きさが左右でちょっと違っていて、綺麗に整っていないところがユルくて可愛いと思ったのだ。たぶん、先輩が顔をつけてくれたんだ。

胸がいっぱいになっていく。

一方的に押して付き合ってもらった気持ちだったけれど、先輩は思った以上に私のことを好きでいてくれているのが伝わってくる。

先輩はようやく自分も焼きカレーパンを手に取って食べようとしていた。

やっぱり想像通り、姿勢がよくてとても丁寧だ。パンを食べても整然としているなんて、先輩はやっぱり私の神様だ。

わたしは結局、やっぱりクマの形のパンを手に取ってじっと見つめる。

今度は先輩が困ったように「あまり見ないで」と言った。

でも、大好きだから、見てしまう。

「先輩、わたし……幸せです」

ちょっとだけ涙声になったわたしに、先輩は「大げさだよ」と言ってやわらかに笑う。

だって、優しくて、おいしい。これ以上の幸福があるだろうか。

にんにくの吸引力について

にんにくをいつも食べている男は、たぶんモテない。

「先輩！　わたしと、ラーメン食べにいきませんか？」

大学の後輩にそう誘われて有頂天で一緒にラーメンを食べにいった。それも一回ではない。二度も三度も誘われた。これはもう人生の春は目前と俺が前のめりで告白するまで時間はかからなかった。

「ご、ごめんなさい！」

「えっ」

「わたし、ラーメン大好きなんですけど、女ひとりだとお店に入りにくくて……先輩が一緒だと入りやすいっていうか……あ、わたし、先輩って、すごくいい人だとは思うんですよ！」

「う、うん……」

彼女はすうっと息を吸って、思い切ったように言う。

「でも、やっぱり四六時中にんにく臭い人は無理です！」

自分に都合のよい存在など、この世にいないと知った二十歳の春。

＊＊＊

「薫さぁ、本当は、振られたのはにんにくが原因じゃないことに気づいているんじゃないのー？」

俺の部屋のベッドで当然のようにくつろいでいるのは幼馴染みの光希だ。

光希とは家が隣同士で、親同士も仲がよく、小中高と同じで何度か同じクラスになったこともある。

幼い頃から片方の親が忙しい日には片方の家で食事をとったり、長じてから両方の家の親が忙しいときにはふたりで適当に食べたりもしている。

窓を開けると互いの部屋が見える位置にあるため、夜中に窓越しにダラダラと会話をしたりすることも頻繁にある腐れ縁の――男だ。

このテンプレ幼馴染みが女だったならということは、血の涙を流しながら百万回は考えた。しかしもし光希が女だったとしても付き合いたくはないし、向こうにしてもそうだろう。俺にとって光希は、男だろうが女だろうが光希でしかないからだ。

「にんにくは真の原因じゃないんだよ……その子は、もしにんにく臭いのがイケメンだったとしたら、きゃ〜可愛い〜！　とか、にんにくの匂い嗅いでるとアナタに包まれているみたい！　とか言って速攻で付き合うんだよ」

「俺だってずんぐりクマさん系で見たら可愛いだろ！」

「まぁ、ベア系の需要はなくはないが……多くはないしね。その子の趣味じゃなかったんだろなあ」

「需要のことをお前にとやかく言われたくないわ！」

俺がクマなら光希はキツネだ。

面長でほっそりした吊り目に、大きな口はどことなくニヤけた印象だ。

俺たちは薫と光希という、ふたり揃って中性的な名前を親から賜ったというのに見た感じはクマとキツネだった。

「今日うち親の帰り遅くてさ、薫んとこもでしょ？　駅前に飯でも食べにいこうよ」

「いいけど、俺は当分ラーメンは食わん……ラーメンのせいで弄ばれて振られたようなもんだからな」

「罪のないラーメンを憎んじゃ駄目だよ」

「いや、まだ傷口が赤く生々しいんだ……今日は別の店にする……！」

「いいけどさー」

光希とふたりで連れ立って駅前をポテポテと歩く。

ラーメンは除外するとして、だからといってこのむくつけきクマと小狡そうなキツネの二匹でお洒落なカフェやレストランになど入る勇気はまるでない。森へ帰れと追い返される気がする。

「あそこはどうだ？」

「え？　薫……お前さっき振られたばっかなんでしょ？」

俺が指さしたのはスタミナたっぷりの牛丼チェーンの店だった。

「振られたのには何も関係ないだろ。あそこはラーメン屋じゃない」

「あんな、にんにくたっぷりの店にするなんて、懲りてないねぇ」

「うむ……そうか。やめておこう」

その後も蕎麦屋だとか、ハンバーガーチェーン、カレーの店だとか、そんなものが目についたが、いまいちしっくり来ない。

俺はぱっと目に入ってインスピレーションがビビン！　と走った店を指さした。

「じゃあそこだ！　ラーメン屋じゃない！　にんにくたっぷり牛丼でもないぞ！」

そこには、燦然と光輝く餃子専門店があった。

光希は細い目をさらに細くさせ、はぁ、と溜息を吐いて首を横に振った。

「薫さぁ、わざと言ってるの？」

「何がだ？」

「にんにくからちっとも逃れられてないじゃないよ。どっちかって言ったらラーメンじゃなくてにんにくで振られたんでしょ？」

「い、いやしかしだな……ラーメンに誘われたわけだから、にんにくは……悪くないだろ」

「いや、振られた名目はラーメンじゃなくてにんにくでしょ？　なんでそうまでしてにんにくを庇（かば）おうとしてんの？」

「悪いのはにんにくじゃなくてラーメンだ！　俺はラーメンには三日は食わない刑罰を与える」

「ラーメンはそんなことで傷つかない上に刑罰期間みじかっ……ん？　薫？　どこ行くの？」

話しながらも俺の足は吸い込まれるように目の前の餃子専門店へ向かっていた。さっきから光希がにんにくにんにく言うもんだから俺の口中は唾液で満たされている。

「考え方を変えよう」

「え？」

「俺があの子に振られたんじゃない。俺は、あの子よりも……にんにくを選んだのだ」

俺はずんずんと歩調を早めた。

「これはもう俺が振ったようなもんだ！」

「え？　考え方じゃなくて事実のほうが捻じ曲がってない？」

そのまま、いさましく店の扉を開ける。ドアベルがガチャリーンと鳴り、店員の軽やかな「いらっしゃいませ」が飛んでくる。

もう帰れない。いや、帰れなくはないけど、ここで帰ったら漢が廃る。

俺はすっとテーブルに腰掛けて腕組みをして壁に貼ってあるメニューを凝視する。

向かいに座っている光希が呑気な声で言う。

「俺は紫蘇餃子にしようかな～」

「そうか……」

「あれ？　薫もう決まったの？」

「ああ！」

俺は店員を呼び出すブザーをぽちりと押した。

やってきた店員に堂々と、力強く、きっぱりと告げる。

「にんにくたっぷり餃子三人前で！」

家族集合

我が家は全員反りが合わなかったが、それでも毎年、一年に一度だけは全員集合する。これは亡くなった母の遺言であり、みんな朗らかで優しい母のことが大好きだったから、仕方なくそうしていた。

まず、父は時代錯誤で古い田舎の価値観を捨てきれない頑固親父。わが家の独裁者であり、誰ひとりとして慕っていない。

現在二十九歳の姉は高三の時分に可愛がっていたペットの鶏を父がローストチキンにしたことで家を出て、そのまま母の葬式まで帰らなかった。この件に関して私は個人的には父が十割悪いと思っている。

姉はその後木材会社に勤めながら何年もかけて一級建築士の資格を取った。ものすごい努力家なのだ。

そして最近になって同性のパートナーを連れて帰ってきたことで、時代から遅れている父とまた喧嘩した。姉は過剰な潔癖さと、己の正義に対して曲げられない異常なまでの頑固さもある難しい人なので私としてはよき理解者が現れてよかったと思っている。

　現在二十六歳の兄は大学二年のときに半年間失踪していたことがある。付き合っていた彼女の妊娠発覚からの逃亡、これだけで人間性は察してほしい。

　実際には妊娠は虚言だったようなので、彼女の側も大概だったのだが、だからといって兄が最悪なのは変わらない。兄も高校卒業と共に家を出ていたので、捜しに来た同級生によってその事実は伝えられた。昔から家の中で大音量でエレキギターをギャンギャンかき鳴らすので、当然のこと父との折り合いは悪かった。

　現在二十四歳の私はというと、ごく普通の会社員だ。某ゲームの二次元の推しに夢中で、プライベートでは人との関わりは避けて過ごしているが、どう考えてもシュバルツハルトレンさまより素敵な男性が現実にいないのだから仕方ない。不甲斐ない世の中のほうが悪いのだ。

　放っておいてくれればいいものを、余計なことばかり言ってくる父にほとほと愛想をつかして、大学卒業まで耐えてから家を出た。

　家族は誰ひとりとして父に会いたいだなんて思ってはいない。

　それでも、母の命日であるこの日だけは集まって、母の好きだったちらし寿司をみんなで作るのが決まりとなっていた。

　金髪でピアスが耳にごろごろ、舌にもひとつあいた兄と、厳格そうな赤いフレームの眼鏡にひっつめ髪の姉。どちらも外で会っていたらまず関わり合いにはなっていないタイプだ。鬼瓦（おにがわら）みたいな顔の和装の父にしてもそうだ。

なんにせよ変哲のない肩までの黒髪で、大衆に埋没（まいぼつ）できる無難な服を着こなしているわたしこそが、わが家で最も一般的な常識人なのは間違いない。

その日は毎年父が、朝から米だけは炊いておく。それだけでものすごく偉そうに大仕事をしたといわんばかりの顔をして居間にひっ込む。これも、母の遺言だからやっているだけだ。

最新のシステムキッチンとは対照的な、土間とでもいうのが似合うような台所で、私たちきょうだいは正午から時間をかけて五目ちらしを作る。

姉が具材を用意している間に兄が米をおひつによそってうちわでバタバタと冷まし、酢飯を作る。私はお吸い物を作る係だった。姉の負担が重いのだが、彼女は他人の仕事に納得できないと例外なく怒るし、仕事を取り上げるので仕方なくこうなっている。

そこそこ時間のかかる工程であったが、その間私たちきょうだいが会話をすることはほとんどない。

もう四年は繰り返しているせいで、段取りも無駄がなくなってきている。声をあげるときはせいぜい「それ取って」だとか、「はい」とかそんな程度だ。年々話すことがなくなっているのと、それでも家族ゆえの気を遣わない関係性があることのダブルがこの状況を作り出している。

　姉が用意した蓮根にさやえんどう、干ししいたけに、にんじんを兄が酢飯に混ぜ合わせ、上に錦糸卵と蒸した海老をのせる。色鮮やかな五目ちらしを私が皿によそい、居間のローテーブルに人数分並べていく。母の分も仏壇に供えた。

「いただきます」

　礼儀正しく声を発したのは姉だけだ。

　私は黙って手を合わせ、父は無言、兄はだらしなく膝を立てて座りながら箸を構えている。

　ちらし寿司はおいしいのに、しみったれた沈黙があまりにおいしさを半減させている。

　沈黙に耐えられなくなった私はテレビのリモコンのスイッチを入れた。だが、姉含め誰もそちらを見ていなかった。なんとなくそちらに意識がいかないのだ。

　たぶん家族はみんな今、母のことを考えている。

　少なくとも私はそうだ。

　かちゃかちゃと箸を動かす音と、テレビの雑音が響く中、ふと、いつも母が座っていた席に彼女がいるような気がしてくる。

『おいしいでしょ。おかわりもたくさんあるからね』

　ふんわりと笑う母の姿が想起される。

『今日は買い物に行ったんだけど、途中で田中さんのところの犬がいてね……』

いつも、ほかの家族がどれだけギスギスしていても、母がひとりで笑って和ませてくれていた。

なのに、その席だけがぽっかりと空いている。なぜいないんだろう。何度繰り返しても彼女の不在には慣れなくて、寂しくなる。だから嫌だった。

けれど、こんなにも不仲な家族でも、揃うとそのときだけまるで母がそこに来てくれるような気持ちになるのも事実。だからきっと、みんなどんなに面倒でも毎年こうやって、集まって、ちらし寿司を作って食べるのだ。

ふと見ると、兄がタトゥーの入った腕で赤い目元をゴシゴシと拭っていた。

泣いているのだ。

その光景は完全に不意打ちだった。見たら一気に決壊してしまう。

私はかちゃん、と箸を落として突っ伏した。

「ひ、ひぃ～ん……おかあさぁあん……」

私は声をあげて泣いた。

「紅葉、泣くのは食事の後にしなさい」

厳しい言葉を吐き出した姉の声も滲んでいる。

父は、わざとみたいにテレビのほうに顔をやり、もくもくと食べている。

私が嗚咽を漏らす中、かちゃかちゃと食事は続けられる。私も途中で復帰して、ちらし寿司へと戻る。立ち上がった兄が自分の分だけおかわりをよそってきて、またもくもくと食べている。私もおかわりはしないまでも、余った分は毎年持ち帰っている。

母がいたころから吊り下げられていた風鈴が、りん、と小さな音を立てる。

家族は不仲でも、母の思い出が詰まったこの家を、全員が愛している。

食事を終えると、全員で近くにある集合墓地へと歩いていく。

夕方の陽が射して墓前は橙に染まっている。近くで蝉がジイジイ鳴いていた。

ふいに風が吹いて、汗をかいた額を撫でていく。

私は手を合わせて、いろんなことを報告しようとしたのに、何も浮かばない。

「ごちそうさまでした」

そんな言葉だけ、墓前に届けた。

家族は一度家に戻ると、何事もなかったかのようにそれぞれの生活へと帰っていく。

それでもきっと、また来年のこの日には必ず集まるのだ。

彼女の記憶がなくなって

高校一年の五月に告白された。

彼女は真っ赤になって「好きです」と言った。

ちょっとガサツでサバサバした明るい性格の彼女は、階段でつまずいたところを助けてから僕にだけあからさまに態度が違った。僕の前でだけモジモジと無口になってしまう。

僕は、そのとき彼女のことはなんとも思っていなかった。可愛いなとは思うけど、好みドストライクといえるほどでもなく。好かれたから少し気にはなったけれど、だからといってこちらから積極的になんとかしようと思うほどでもない。

けれどその後、熱心に押されて、結局付き合った。

そして、彼女の緊張がある程度解けてくるにつれ、だんだん一緒に過ごす時間を楽しく思うようになった。

高校二年のときのことだった。

彼女が家の階段から落ちて記憶喪失になった。

怪我自体は擦り傷くらい。調べても目立った外傷はない。ただ、ここ一年ちょっとの記憶がすっぽり抜けているらしい。

一時的なものですぐに戻るだろうという話だったが、一週間経っても戻らず、彼女は記憶が戻らないまま学校に来た。

記憶喪失のことは先生に先に説明されていたので、教室ではあっという間にみんなが彼女を囲んだ。矢継ぎ早に「オガちん記憶ないって本当？」と聞かれていた。

「うん、高校一年の四月からの分、全部忘れちゃってる。ごめんね、名前とか覚えてない」

「え、じゃあ私のことは？」

「美羽だね。中学までのことは覚えてる」

「あたしのことも覚えてない？」

「ごめん覚えてない。でも、好きな気がする！　これからよろしく」

お調子者の男子が「アタシはアタシは？」と口を挟んでいる。

「うーん、覚えてない。覚える気もない」

どっと場がわいた。

もともとの人見知りしない性格は変わっておらず、覚えてないなりに、諦めたような開き直りすら感じる。

「誰が彼氏かわかる？」

「え！　この中にあたしの彼氏いるの？　テンション上がるなー！」

「あれだけラブラブだったんだから、わかるでしょ」

「なにそれ！　サプライズじゃあん……嬉しすぎる」

「当ててみて」

「えー、違ったら恥ずいじゃん、てか気まずいじゃん」

「大丈夫！　絶対当たると思う」

彼女がキョロキョロと周りを見回して、首を傾げる。

「思った以上にわからん……」

僕は周りに背を押されて彼女の前に出た。

彼女は僕の顔を見てポカンとする。そうして一言。

「え？　嘘でしょ」

周りがしんと静まり返った。

「だってこの人朝下駄箱で会ったのに、普通におはようしか言わなかったよ!?」

そのときチャイムが鳴った。

＊＊＊

周りに言われて彼女とお昼を一緒にとっていた。

「ラブラブな彼氏がいるって聞いてたんだけど……そんな感じゼロじゃない？」

彼女はだいぶ困惑した顔でブツブツこぼしている。

「うーん、なんかすっごい周りが止めてくるんだけど、このまま思い出せなかったら……別れたほうが……」

「そうだね」

僕の答えがあまりに簡素だったからか、彼女は自分で言い出したくせにムッとした顔をした。

「大体、あたしは思い出せてないだけだけど……君、そんなにあたしのこと好きだったの？　ぜんぜんそんな感じしないんだけど！」

そう言われて少しドキリとした。押しに押されて付き合った関係性、僕は彼女に与えられることが多く、自分から伝えようとすることは少なかった。

「わかった。一週間経ったら別れよう」

「え？」

「だからそれまで、お昼と放課後の時間をくれない？」

「…………いいけど」

翌日、僕は弁当を作っていった。昼休みに中庭で彼女は弁当箱を開けて覗き込む。

「ふんふん、ミニハンバーグに玉子焼き、アスパラベーコンに海苔ご飯」

「これは、前に小川さんに作ってもらったやつとまったく同じもの。まぁ、味は違うかもだけど」

「え、結構手間かかってるんじゃないの？　君はともかく、あたしは君のこと結構好きだったんだねえ」

「僕は全部残さず食べてたから、ちゃんと残さず食べてね」

「はあい。でもこれ、あたしの好きなもんばっかだから、残すはずないよ」

「そう」

僕の返答が気に入らなかったのか、彼女はまた軽く眉根を寄せてミニハンバーグを摘む。

「君は？　好き嫌いある？」

「黙ってたけど……本当は、アスパラが世界で一番苦手だったよ」

彼女の瞳が揺れた。

「そうなんだ」

「でも、なんでか食べれた」

放課後。僕は二階のロビーでいつものように音楽を聴きながらぼんやりしていた。一階で彼女が教室を出たのを見計らって、立ち上がる。下駄箱で鉢合わせする。

「あれ？　ちょうど偶然だね。タイミングいいね」

「いつも待ってたよ」

「え」

「小川さん、友達と話して遅くなること多かったし、言わなかったけど……いつも待ってた」

「何それ、恩着せてるの？」

「いや、恩着せてるみたいで、ずっと言ってなかったから、言っておこうと思っただけ」

彼女は黙り込んだ。校門を出る。

「小川さん今日、水曜だし親遅いんでしょ？　いつものとこで食べてく？」

「え、あ、そうなんだ。いつものとこって？」

「そこ曲がったとこにある定食屋」

「うん、じゃあ、そーしてみるかぁ！」

僕と彼女は店に入った。彼女はきょろきょろとあたりを見まわしてから、メニューを見ながらあれこれ騒ぎ出す。

「えー、迷うなぁ。迷うなぁ。どれもあたし好みなんだよなぁ。選べないんだけど！」

記憶はなくなっていても、こういうところは変わらない。彼女らしい。

「ミックスフライ定食」

「え？」

「迷うならそれにしなよ。小川さんの一番のお気に入りだから」

彼女は目を丸くしたが、店員が来て水を置いたときにミックスフライ定食を注文した。

僕はいつも一番安い日替わり定食だ。一番安くても九百五十円はする。

注文したものが来て、彼女はさっそく定食のお味噌汁に口をつける。いつもの順番と同じだ。

「あたし……この味、知ってる気がする」

「味噌汁なんだから知ってて当たり前じゃないの？」

「君、ほんと冷めてるよね……」

「知らないだろうから言っておくけど、明日は僕、バイトだから先に帰るよ」

「うーん、ドライだねぇ……」

彼女は小さく溜息を吐いた。それでも、気を取り直すように、揚げたてのエビフライに、添えてある手作りのタルタルソースをたっぷりつけて、ぱくりと口に入れる。それから、追撃するように米を一緒に口に入れてもくもくと咀嚼する。

「さすがあたし！　これ！　涙出そうにおいっし〜！」

「そう、この店は小川さんのお気に入りだった。ちょっと高いけどね」

僕は日替わりの生姜焼きを口に入れて、味噌汁を飲んだ。

彼女は続けて魚のフライをさく、と食べる。お新香をぱくりとして、今度はメンチカツを箸で半分にして口に入れる。最初はニコニコしながら食べていたけれど、だんだん考え込むようにぼんやりとした顔になっていく。

ほんの少し気まずい顔で、一瞬だけ僕を見上げた。

「これ、何度も食べてるよね……」

「そうだね」

僕は答えて、米を口に運んだ。

彼女は残りのメンチカツを、米と一緒にもくもくと無言で食べた。味噌汁のワカメを口に入れる。お新香と一緒にご飯も食べる。

「おいしい？」

「え？　おいしい……よ。本当にすごく」

彼女はなぜか焦った顔でそう答えたけれど、どこか元気がなかった。

「ねぇ、君のしてるバイトって……？」

「週二でコンビニ。うちはお小遣いが少ないからね」

彼女は無言で、最後に、大事にとってあった海老フライの残り半分をまた口に入れる。

この儀式みたいな順番もいつもとまるで同じ。

「やっぱり食べたことある……」

「海老フライくらいなら、高一までに食べたことあるんじゃない？」

「………そうじゃ、なくて」

十一月の日は短い。

店に入ったときにはうっすら明るかったのに、出たときには完全に夜だった。

「帰ろう」

「ねえ、永真君、バイトってさ……もしかして、あたしと遊んだり、ここでご飯食べるためにやってた？」

その呼び方は記憶をなくす前の彼女のものだった。僕は息を吐いて口を開ける。

「うん。格好悪いから黙ってたけど、うちはあまり裕福じゃなくて……」

僕の家は父が会社員、母が小さな工場で働いていたが、兄弟が多く、さほど豊かではない。彼女の家は看護師の母と弁護士の父がいて、多忙ではあるが裕福だ。だから週に二回彼女と夕食を食べ、土日に彼女が行きたいところに行くには平日のバイトが必要不可欠だった。

「なんで言わないのぉ？　あたし……バイトなんて辞めてもっと一緒にいたいって、言ってたよね？」

「……いろんなこと、格好つけて言わなかった。ごめん」

苦手な食べものがあるのも、帰りに長々と話せる友達がいないのも、家が貧しいのも、全部格好つけたくて隠していたことだ。くだらない見栄だったと、自分でも思う。

「永真君、実はあたしのこと結構好きじゃんよぉ……」

彼女は泣きそうな声を出して僕の腕をぎゅっと掴んだ。

「それを最初に言えばよかった……好きだよ」

「なんだそれぇ〜、あたしのほうが好きだよぉ……」

もともと、一時的な混乱だからすぐに戻るだろうといわれていた彼女の記憶は、お気に入りの定食屋のミックスフライ定食であっさりと戻った。

この一件があってから僕は彼女に思ってることを伝えるようになったし、彼女は以前と変わらず僕が好きだ。

鰻(うなぎ)に会いに

先週から立て続けに小さな嫌なことが続いていた。

ストッキング連続伝線事件に続き、淹れたばかりのお茶を盛大にこぼす。やっと来た休みにはたった五分だけコンビニに出ていた間に宅配便が来ていたらしく、不在伝票が投げ込まれる。翌日には家の壁時計が壊れて遅れているのに気づかず遅刻。帰りには珍しく早く帰れたかと思ったら電車遅延。

ひとつひとつは蚊に刺された程度のことで耐えられるが、大勢さんでやってこられると非常に気が滅入(めい)る。それらにやられ、調子をうまく立て直せずにいた私は思い立ってついに予約を入れた。

鰻だ。

こんなときにはもう鰻しかない。

大正時代から続く店だ。三回ほど通い、ものすごくおいしいことはわかりきっているが、高いので滅多に行けないところだ。

月曜日の昼に予約したあと、アプリのスケジュール帳の土曜日のところに意気揚々と『鰻』の文字を入れると、不思議と心が穏やかになった。

この先どんなに酷いことがあったとしても、私は週末に鰻が食べられるのだ。これから一週間、胃腸のコンディションを整えていかなくてはならない。鰻に粗相があってはならない。漁獲量も年々減っている今、食させていただく際には万全を期してお迎えすべきものだ。

水曜日の夜には楽しみ過ぎて店に行って食べている夢まで見た。夢と現実で二回も楽しめたから本当に予約してよかった。

二十九歳独身の会社員、先月彼氏と別れた私だけれど、彼氏とのデートの予定が入ったときよりよほど心がうきうきしていることに気づく。一日に十回以上はスケジュールの『鰻』の文字を確認している。彼とのデートの前にそんなことはしたこともない。鰻以下の男なんて別れて正解だろう。いや、この先も鰻に勝る男が現れなければ、結婚だってしなくていい。私には経験がないが、オタクで推し活をしている友人がイベントで推しに会えると言ってはしゃいでいた気持ちがわかる。鰻は私の推しなのだ。

晴れやかな気持ちで私はその日を待っていた。

＊＊＊

ついにやってきた土曜日。はやる心を抑えきれなかった私は、予約時間の三時間前に駅前に出た。いくらなんでも早すぎるわけだが、待ちきれなかったのだから仕方ない。

しかしここに来て私は予想外のできごとに遭遇する。

「野崎（のざき）さんじゃない？」

きちんと私の名前で声をかけられ、そちらを見ると、非常に私好みの男性がそこにいた。それもそのはずで、彼は大学生の頃、一時憧れていたひとつ上の先輩だった。

「偶然だね。待ち合わせかなんか？」

「いえ、出かけるところなんですけど、少し早く出てしまって」

私はかしこまったよそ行きの顔と声で答える。

当時先輩はいつも女子に囲まれていたし、たまに話しかけるときにだって必ず誰かと一緒だった。だからこうしてふたりで向かい合うことなんて皆無だったし、彼が私の名前を認識していたのも嬉しい驚きだった。

先輩は今三十のはずだが、若々しく、それでいて大人の貫禄（かんろく）や渋みはしっかりとあり、相変わらず『格好良い』の代名詞みたいな人だった。

今日はイケメンとも話せた。これも鰻のおかげだと噛み締めていた私だったが、先輩が思わぬことを言う。

「俺、仕事の打ち合わせの約束があったんだけど、急遽なくなっちゃってさ」

「そ、そうなんですか？」

「店予約しちゃってるから、よかったら野崎さん、一緒にどう？　ご馳走するよ」

「…………え？　今から、ですか？」

私は脳天から激しい汗が噴き出すのを感じていた。

よりによって今、私が鰻と約束して会いに行こうとしている今に、こんな千載一遇の機会があるなんて、神様は何を考えてらっしゃるのか。

それというのも私は、平凡かつ地味な容姿と性格のため、生まれてこの方、イケメンと付き合ったことがない。今までの彼氏のことはみんな好きだったけれど、世間一般でいう、いわゆるイケメンではなかった。失礼といわれようが、男性だってたぶん全員一生に一度くらい巨乳と付き合いたいという願望があるはずなのでわかってくれると思う。

私がイケメンと付き合うことはこの先もないだろう。

しかし、今ならイケメンと食事ができる。しかも憧れていた先輩。これはもしかしたら一生に一度のチャンスなのかもしれない。もっといえば、この場で別れれば先はないが、食事をすれば連絡先の交換くらいは行われるかもしれない。対して、鰻はお店には申し訳ないが、一生に一度のことなので来週末に予約を延期させてもらえばいい。

先輩がニコッと笑う。口元には白い歯が覗く。

みんなの憧れの先輩。あの頃の感覚に引き戻される。先輩とふたりきりで食事に行くなんて、同級生たちが垂涎(すいぜん)で羨ましがることだ。優越感が得られるぞと悪魔が囁いてくる。

イケメンがタダでおいしい食事に誘ってきた。

これを、行かないなんて選択肢はあるだろうか。

私の頭がとろりと思考力をなくしていく。

――そのときだった。

突如、私の脳裏に昨日動画で見た、どこかの澄み渡った水を泳ぐ鰻の映像がシャキーンと過ぎっていく。

海で生まれた鰻は淡水へとさかのぼり、泳いでいく。それは、壮大な光景だった。

それから、鰻屋の鰻職人がバタバタとうちわで鰻を煽いでいる映像。

つやつやのご飯にのせられて、たっぷりとタレがかけられる鰻。

それからネットで検索して見た鰻の歴史。その栄養価の文字列が次々と浮かんでは消えていく。

＊＊＊

私は鰻屋のコンパクトな座敷に静かに座っていた。

まだ、先ほどの衝撃が尾を引いていて動けずにいる。

大正時代から使われている店の屋内は天井が低く、何もかもスケールがやや小さい。

目の前のテーブルには肝吸い(きもすい)と肝焼きがほこほこと小さな湯気を立てて置かれている。

厨房では私の鰻が煙を立てて丁寧に焼かれていることだろう。

あれは私の人生のターニングポイントになり得たかもしれないできごとだった。

この決断が本当に正しかったのか、まだ考え続けている。

しかし、いつまでもこうしていては、せっかくの料理が冷めてしまう。

私はうつろな目で肝焼きに手を伸ばす。

ほろ苦い肝焼きを口にすると、とたんに心に巣食っていた何かが、ぱらりと解けるような感覚がした。

「おまたせしました〜」

ピカピカのお重が私の前に現れた。

見た瞬間、我に返ったような気持になる。あっという間に全神経を鰻に持っていかれた。

こんがり焼けた鰻の匂い。甘辛いタレの香りで胸の奥が満たされていく。つやつやで、ぴんと立ったご飯はどんな宝石よりも美しい。ひとくち含んですぐに確信する。

私は、何も間違っていなかった。

柔らかな鰻は口の中でとろけていく。ご飯にもタレがしっかりとしみている。口の中を洗う肝吸いの温かさ。夢中になって次々と口に運んでいく。脳天がうまさで痺れる。

嗚呼(ああ)、私は、生きている。

店を出る頃には、行きがけにあったできごとはもう十年前の記憶くらいに褪(あ)せていたし、後悔はひとつも残っていなかった。

鰻は、イケメンに完全勝利したのだ。

数日後、件のイケメン先輩が最近になって知り合いに骨董品(こっとうひん)を高価な値段で売り付けているという話を聞いた。

鰻は私を救ってくれたのだ。

鍋の季節

草間(くさま)さんとの出会いは大学の帰りに寄ったスーパーだった。

彼が下段の商品をしゃがみ込んで見ているところに私が話しかけたのが最初だ。

「すみません、ウスターソースってどこですか」

「ソースなら、ひとつ隣の棚にコーナーがありましたよ」

「ありがとうございます」

答え方に若干の違和感を覚えつつも、私はお礼を言ってソースをカゴに入れて買い、店を出た。

扉を出たところで、その人とまた鉢合わせした。さっきはしゃがみ込んでいたから気づかなかったけれど、かなり背が高い。そして彼は買物袋を手に持っていた。

「……すみません」

「え?」

「店員さんじゃなかったんですね……」

「あ、うん」

草間さんはさほど気にしたようでもなく、脱力を誘う笑い方をした。

「服の色が似てたかなぁ？」

「いえ、体勢で、品出ししてるみたいに見えて……」

「あはは。なるほど」

男性があまり得意でない私だったが、草間さんは異性に対する気負いが感じられず、話しやすい人だと感じた。すごく馴染みやすくて初めて会った気がしない。というか、実際にどこかで見たことがある気がする。

そのとき、大学構内のカフェテリアの光景がさっと脳裏を過ぎった。

「……もしかして、同じ大学では？」

「え？」

聞くと草間さんは自分の通う大学名を教えてくれた。やはり、学年は私の一個上で三年だったが、同じ大学だった。実際にどこかで見たことがあったのだ。認識していたというほどではないが、目の端に入った顔をなんとなく覚えていた。

ご近所さんで、顔を覚えてしまえば行き帰りや休日に見かけることは一気に増えた。

中でも圧倒的に遭遇率が高いのがスーパーだった。

あるとき私がお菓子のコーナーで悩んでいると、近くでカゴを持った草間さんがいて、

「あ、三井さん、それ、チョコよりホワイトチョコのほうがお薦めだよ」と声をかけられる。

「じゃあこっちにしてみます」

「また今度会ったら感想聞かせてよ」

「はあい」

草間さんは手を振ってレジへと向かう。

私はちょっといいことがあった日の気持ちになっていた。


また別のときには草間さんが鍋つゆのコーナーで悩んでいたので後ろから近づいて「これがすごくおいしかったですよ」と声をかける。

「あ、ほんと？　なら、これにしてみる」

それから「俺はこっちも好きだった」と自分のお薦めを教えてくれる。

「鍋、お友達とよくするんですか？」

「いや、ひとりでやる。野菜食えるし、料理苦手だけど切ってぶち込むだけだから、面倒がないじゃない？」

「わかります！　私もです！」

「まぁちょっと入れすぎて余らせることもあるけど」

笑い合って、そこで別れて私はレジに向かう。一緒にレジに行くまではしない。しばらく、そんな程度の関わりが続いた。

＊＊＊

駅から出ようとすると激しい雨が降っていた。

私は鞄から折り畳み傘を出して、改札の屋根から出ようとした。

そのとき、自販機の横でスマホをいじっている草間さんを発見する。彼はスマホを見ていたが、たまに顔を上げて雨を確認している。

「こんにちは」

「あ、こんにちは」

「……もしかして、傘なかったりします？」

「あ、うん。でも、しばらく止みそうにないからそろそろコンビニで買って帰ろうかと思ってたとこ」

コンビニはここから徒歩一分ほどの場所にあるが、ここまでの大降りだとそれだけでもびっしょり濡れるだろう。

「コンビニまでご一緒しますよ」

調で彼が言う。

「ありがと。助かる」

草間さんを小さな折り畳み傘に入れて、歩き出す。数歩行ったところで、遠慮がちな口調で彼が言う。

「えっと……よければ、俺がさしてもいい？」

確かに、身長差でかなり腕を上げていたのでそのほうが助かる。頷くと彼が傘をひょいっと奪った。ほんのわずか、手が触れる。

傘はあっという間に高い位置に引き上げられた。

見上げると、草間さんがすぐ近くで「ん？」という顔をして私を見ている。

私が恋に落ちたのはその瞬間だった。

すぐにコンビニに着いてしまい、草間さんはビニール傘を買った。

「家どっち？」

「私はこっちです」

「あ、俺はこっち。じゃあね、ありがとう」

手を振って、行こうとする後ろ姿に声をかける。

「あの……」

草間さんが振り返ってくれた。

ざあざあと雨の音がうるさい。私は、彼に何かを言いたかったけれど、言葉を見つけられずにいた。

　気持ちだけを端的に言えば、もっと一緒にいたいと思って呼び止めた。けれど、そんなことを言えるような関係ではない。それにたとえば連絡先を聞くだとか、そこまでの勇気も持ち合わせていない。

「こ、今度、いつか、お鍋、一緒に食べませんか」

『今度』だとか『いつか』とかって単語を入れることで、断られないようにして言った。それが精いっぱいだった。

　草間さんは笑って「うん、いいね」と頷いてくれた。

　たったそれだけなのに、帰ってからもドキドキして息が苦しかった。


　そんなことがあった翌週、友人のサークルの飲み会に誘われた。

　今回参加率が低いので、外部の人間を誘って人数を増やしてほしいと言われてるらしい。そこに、やはり同級生に誘われたらしい草間さんの姿があった。

　見た瞬間にドキンと胸が鳴る。目が合って、向こうも気づいたのでお互い小さな会釈をする。

　近所で会うのは大抵彼がひとりでいるときだ。大学構内で見る彼は、いつもと少し違う気がした。

彼は男同士でニコニコ笑っていたし、顔見知りの女の子とも談笑もしている。

ふわっとしているからはぐれ者みたいな雰囲気があったけれど、実際はかなり多くから慕われている人気者のようだった。人見知りの私が話しやすいと感じたのだから、私以外の人も話しやすくて、友達はたくさんいて当然だ。なのに、そんなことに頭がまわらなかった。

「こんばんは、三井さん」

「あ、こんばんは」

草間さんがわざわざ話しかけに来てくれたけれど、お酒を片手に持った彼は、スーパーで会うその姿とやはり違う気がした。

「何飲んでるの？」

「オレンジジュースです」

「そうかあ」

「……草間さんは？」

「俺は、ジントニック」

そのくらいしか話は続かなくて、やがて彼は別の友人に呼ばれて行ってしまう。あっけないものだった。

急に、現実を思い知らされてしまった。

＊＊＊

それから数日後の日曜日の夕方。入ろうとしたスーパーで、奥に草間さんを見つけた。

けれど、私は店に入らず、踵を返してしまった。

草間さんに対する自信をすっかりなくしてしまっていたのだ。私が特別だと思っていた彼との関係は、きちんとした友人関係と比べるとひどく薄いものだった。鍋の返事なんて社交辞令もいいところだし、連絡先さえ知らないのに浮かれて、仲が良いつもりでいたことがひどく恥ずかしく思えた。

向こうは人気者。私は日陰者。こちらに合わせて愛想をもらっていただけなのに。

肩を落としてとぼとぼ歩いていると、後ろから背中をぽん、と叩かれる。

びっくりして振り返ると草間さんが買い物袋を片手に息を切らしていた。

「三井さんさっき、スーパーの前にいたよね？」

「あ、はい……えっと……お財布を……忘れてたことに気づいて……」

避けてしまったことを知られるのは気まずい。

「本当に？」

草間さんが顔を覗き込んでくる。なぜだか泣きそうになった。

「財布ないなら……夕飯、どうするの？」

「その、これから……取りにいこうかなって」

彼の目を頑なに見ようとしない私に、草間さんは戸惑った声を出す。

「あの、俺……この間、なんかした？」

私は黙って首を横に振る。

「そ、そう……？」

草間さんは少し困った顔で頬を掻く。分かれ道に来てしまった。

「あの、じゃあ……」と片手を上げた私の声をさえぎるように草間さんが言う。

「あのさ、鍋食べない？」

「え？」

「お財布ないなら買えなかったでしょ？　その、今晩、一緒に……」

草間さんは「ほら！」と言って買い物袋の中身を見せてくる。

そこには、白菜。長葱。鶏肉。白滝。豆腐。えのき。鍋つゆのパックが入っている。

彼は焦った口調で言う。

「これ見て！　新発売の鍋つゆ！」

「え？　え？」

びっくりして、すぐには答えられずにいると、草間さんがまた口を開ける。

「迷ってるならもうひとつ」

「え？」

草間さんは自信に満ち溢れた顔でこう言った。

「……うち、コタツあるよ」

コタツ？　彼のドヤ顔とあまりにそぐわず、私は思わず吹き出した。

くすくすと笑う。それで、少し強張っていた草間さんの顔も柔らかくなった。

私はコタツで、草間さんと鍋を囲むところを想像した。

土鍋から立ち上る湯気。ふうふうと冷ましてから口に入れる鶏肉。目の前で草間さんが笑う。きっと、今すっかり冷たくなっている頬も温まるだろう。

なによりそれは、とても幸せな風景に感じられた。


これが、草間さんと私の馴れ初め（なれそめ）だ。

新発売の鍋つゆはとてもおいしかったし、私と草間さんは毎年冬になるとおいしい鍋つゆをふたりで探しにいく。

二十七歳、パスタを作る

四年前に彼女と別れてからずっと独り身。バタバタしていてようやく仕事に少し余裕が持てるようになった頃には二十七歳になっていた。

日々は忙しくて次の出会いを探すような余力もなく、夕飯はチェーンの牛丼屋かラーメン屋かカレー屋、蕎麦屋、ハンバーガー屋のローテーション、その繰り返しだった。

「先輩……そんな食生活続けていたら早死にしますよ」

きっかけは会社の後輩水本(みなもと)紅葉のそんな一言だった。

「マジか……」

「マジすよ。未婚男性の食生活がヤバくて短命なのは前に話題になったじゃないですか」

お盆明けのお昼休みのことだった。

この後輩は二十四歳だが、以前より某ゲームの二次元の推しに夢中で、彼氏などいらないと豪語している。

水本の手元にある手作りの弁当を覗き込む。唐揚げとコロッケとミニトマトが入っていて、米の部分は五目ちらしだ。なかなか料理ができるやつと見た。

「なぁ、自炊って、どうやるんだ」

水本は弁当をつつきながらニヤついた顔でスマホを見ていたが、話しかけるとあからさまに嫌そうな顔をしてスマホを伏せて隠した。

「それくらい自分で考えたらどうです？」

「相談に乗ってくれたら今度の暑気払い、うまいこと不参加にしておいてやる。確か、イベントと被ってるとかなんとかブツブツ言ってたろ」

「私になんでも聞いてください！」

態度が豹変した。現金なやつだ。

「何を作ればいいと思う？」

「はぁ。そっからですか……自分が食べたいものを作ればいいんですよ」

「そう言われても、右も左も何もわからんから聞いてんだよ」

「その歳で何もですか？　化石ですね……金髪で舌と耳にピアス七個あいてる私の兄ですら酢飯作れますよ」

「そんだけファンキーな兄の得意料理が酢飯なのか？　だいぶ変わってるな」

「うちの兄のことはいいです。何作りたいんですか？」

「なんか、簡単なもの」

「そうですねぇ。まずはご飯に味噌汁でいいんじゃないっすかね」

「そんな、牛丼屋で食えるものをわざわざ作るの、テンション上がんねえなぁ」

「なんだって、最初は作ることに意義があるんですよ」

水本は呆れた顔で弁当箱の五目ちらしを口に入れた。

「そうだな……俺の飯のローテーションから外れていて……そこまで難しくなさそうで、ご馳走感がある……パスタだな！」

水本は口の中の米を飲み込んでから言う。

「では、まず、帰りに鍋とフライパンを買ってください。どうせないんでしょ」

「鍋はわかるけど、フライパンはいらなくないか？　パスタだぞ」

「はー……いいから買ってください。あと包丁と菜箸と、フォークと皿も。話はそれからです」


帰りがけにホームセンターに寄って水本の言っていたものを購入した。無駄に貯金はあったので、ちょっと高い包丁とそこそこいい鍋とフライパン、洒落た菜箸と皿とフォークを購入する。ちょっとテンションが上がった。

とりあえず、ネットでパスタの作り方の動画を見た。なるほど、フライパンは必要だった。いくつか見ていたら、いける気がしてきた。

翌日はスーパーで材料を買い込んで帰宅した。

たっぷりのお湯でパスタを時間通りぴったりに茹でる。ここ数年インスタントラーメンすら作っていなかった俺はそれだけで感動した。

すごい。俺は今自炊を……料理をしている！

フライパンにオリーブオイルを垂らして火をつける。包丁で潰したにんにくを入れるとふわりと香りが立ち上る。またテンションが上がってきた。

なんだなんだ。この匂いは。心が高まる。うまいものを作ってる感がすごくいい。

俺が初めて作ったペペロンチーノはまぁまぁうまかった。ちゃんと分量通りの湯で規定通りの時間麺を茹でて、動画の通りに作ったので、そして自分が食いたくて作ったものなので当たり前だ。

料理もやってみるとなかなか楽しい。俺はその日から連続でパスタを作り続けた。

数日後の昼休み。俺がデスクで弁当を食べているのを見た水本が、目を丸くして近寄ってきた。

隣のデスクで自分の弁当箱を開けて食べ始める。俺の弁当に興味津々のようだった。

「お弁当……お弁当ですか？　もうそんな進化したんですか？　何入れてるんですか？」

水本が弁当箱を覗き込むので見せてやる。

そこにはナポリタンが入っていた。

「べ……弁当箱にパスタですか？　もしかしてパスタばっか食べてたりしませんよね？」

「大丈夫だ。パスタはパスタでも、キャベツのクリームスープパスタにしらすと梅のパスタ、明太パスタ、茄子とベーコンのパスタと、毎回色々変えている」

「うーん……男性にシェフが多く、家庭料理に向かないという理由の一端を見た気分です」

「今コンプラ厳しいからそういう発言は控えたほうがいいぞ」

「いやでも、そんなパスタばっかりだと……」

「イタリア人はパスタばっか食ってて元気なはずだから大丈夫だろ」

溜息を吐いた水本が再び俺の弁当箱を覗き込む。

「うーむ、見た目はなかなかいいですね。つい最近包丁買ったばかりの人とは思えませんよ」

「はは。楽しくなってきたんだよ」

「これでこの先も長く続く独身生活を楽しめますね」

「いや、料理ができたらモテるんじゃないか？」

「いえ、今はできて当然ですからね。今までがヤバかっただけじゃないですか？」

そんな棘（とげ）のある発言をしたあと、水本は急に黙り込んだ。そうして、食事を終える頃、自分の弁当箱の蓋をかぽりと閉じて顔を上げ言う。

「私……本当は、先輩に彼女ができたら嫌です」

「え？」

思わぬことを言われて、俺は目を見開いて水本の顔を覗き込む。

「うちの部署、もう独り身は私と先輩だけなんですよ。置いていかないでください！」

水本は必死の形相だった。俺は溜息を吐く。

「………なら、水本が先に彼氏作ればいいだろ」

「もうスマホの中にいるんです！　だから作れません！」

「それはいないのと一緒だろ」

「いますう！　シュバルツハルトレンさまはいるんですう！」

水本が叫んだ直後、扉の開く音がして、昼飯を食い終えた同僚が何人かで戻ってきた。とたん、水本はパッと真顔になり、ささささと自分の席に戻っていく。

こいつは愛想がないし、大概の人間には心を許さない。俺は二年ほどかけて、根気よく話すことで二次元にいる長い名前の彼氏の話を聞き出したが、そのことも俺以外には頑なに隠している。猛烈に警戒心の強い人嫌いなのだ。

なんだかんだ仕事はちゃんとするし、もう少し愛想があれば結構モテるだろうに……。

いやまぁ、水本は水本だからな。そんなもの求めてもないだろうし、たぶん余計なお世話だ。それに俺も、水本に彼氏ができたら嫌かもしれない。気楽に話せる相手がいなくなるような感覚だ。


終業後、タイムカードを構えていると、珍しく水本と帰宅時間が被った。

水本は小さく「お腹減った」と呟き、俺に続いてタイムカードを押した。

「……なぁ、今度俺のパスタ食いに来ないか？」

「嫌ですよ。なんでせっかくの休みに先輩の顔なんて見ないといけないんですか。私の休日は全部シュバルツハルトレンさまとのデートで埋まってます」

「いや、俺んちここから近いし、平日の夜食いに来ればいいじゃん」

「……もしかして口説いてます？」

「悪い。その気はないんだ。期待させてごめん、本当ごめんな！」

「喧嘩売ってます？」

「俺はパスタを誰かに食わせたいんだよ……！」

せっかく作れるようになったというのに、こんなおいしいパスタを俺だけが食べてるなんて、もったいない。そんな気持ちが日々膨れていっている。

「あー……歳いって趣味で蕎麦打ち始めたオッサン状態ってやつですか」

ふんと鼻を鳴らした水本はさっさと扉を出ていった。つくづく愛想のないやつだ。

途中会った同僚と世間話をして、会社のエントランスを出たところに水本が立っていた。

「こんなとこで何してんだ？」

「一食浮くんで、いいですよ」

「え？　俺のパスタ食うの？」

「俺のパスタ食ってみようじゃないですか」

その日から俺と水本は、ただの同僚から進展した。

パスタ友達だ。

台風の日

兄ちゃんは小六、わたしは小四。兄ちゃんからすると忙しい両親に代わって、面倒見のいい兄が妹の面倒を見てやっている気持ちのようだ。しかしわたしからすると、しっかり者の妹が、年齢より幼稚でやんちゃな兄ちゃんのお目付け役をしているという意識だった。認識に少しのくい違いはありそうなものの、わたしたち兄妹はわりと仲がよかった。

外は大雨が降っていて、大風で窓がガタガタ揺れていた。テレビでは大型台風上陸のニュースをやっている。わたしと兄ちゃんは家じゅうの雨戸を閉めてまわった。風は生ぬるく、面倒だけどちょっと楽しい。

問題は今晩の夕食である。父は夜勤、母は出張だった。

「兄ちゃん、どうする?」

「そんなん宅配ピザ一択だ!」

「配達員さん可哀想すぎる。やめたげて! あるものですませようよ」

「うーん、あるものかぁ」

兄ちゃんが冷蔵庫を開け、大袈裟なほど目と口を大きく開いて振り返った。わたしも覗き込む。そこには卵がふたつと、ネギの切れはしが転がっていた。どうやら母は忙しくて買物を忘れている。

「うう……腹減ったなぁ」

「兄ちゃん……この石食えるかなあ」

「駄目だ！　それは毒だ！　待ってろよ。この先に水場があるはずだから……！」

「駄目！　そこの水にはもうやつらが毒を入れてるって！」

「なんだと!?　くそっ、一足遅かったか……！」

しばらくシナリオめちゃくちゃな遭難ごっこをしていたが、本格的にお腹がぎゅうと鳴った。

「紗枝、外に食べにいこう」

「ええっ」

「台風だから開いている店は空いているはずだ。帰ったらすぐシャワー浴びれば……この夜を生き延びれる」

「でも、カッパがないし、これだけ風強いと傘もすぐおちょこになるよ。行けるとしてもコンビニまでが限界じゃないの？」

「……ん？　もしかして冷凍食品があるんじゃ」

冷凍庫を開けると、冷凍ピザと冷凍パスタがあった。

これで生き延びられる！　わたしと兄ちゃんが嬉しげに顔を見合わせたそのときだった。

ぱっと電気が消える。

停電だ。きゃあーと揃って悲鳴を上げる。

「懐中電灯どこだっけ」

「うちにそんなものあるの？」

「俺が探してくる」

「兄ちゃん気をつけて！」

「あだっ」

言ってる側から何かにつまずいた兄ちゃんが悲鳴を上げている。

やがて、ボロボロになった演技と共に兄ちゃんが帰ってくる。

「紗枝、こ……これを、隣村の村長に、届けて……く、れ」

兄ちゃんは言い残してガクッと力をなくした。

「兄ちゃん！　兄ちゃあーん!!」

しばらく体を揺さぶったあと、懐中電灯を手に取ってカチリとつける。

「兄ちゃんが命を張って届けたこの想い、無駄にはしない！」

キリッと言うと、台所へ向かった。棚を漁る。

「兄ちゃーん！　棚に一個だけ袋麺があったよ！」

「でかした！　これを半分こして飢えを凌ごう……」

「でも、こんなに暗くて作れるかな……」

水道もガスも止まってはいない。しかし、暗闇で作れるかというと、なかなか難しい。

わたしと兄ちゃんは袋麺を囲んで座り、しばらく考える。ふいに、兄ちゃんが無言で袋麺にパンチをいれる。

続けてわたしもパンチする。ふたりで袋麺をボコボコに叩きのめした。それから粉々に砕いた乾麺にスープの素をふりかけ、暗闇の中、懐中電灯に照らされたそれをポリポリと食べた。お腹がへっていたからか、この非常時だからか、ものすごくおいしかった。

食べ終わってすぐに兄ちゃんが言う。

「うん、足りないな！」

また冷蔵庫を開けて、卵をふたつ取り出す。

「これだな！」

わたしはすばやく踏み台に乗ってボウルを取る。

卵を割って砂糖と塩をパラパラして、菜箸でちゃっちゃか混ぜる。兄ちゃんがフライパンを構え、わたしは懐中電灯を照らす。

じゅう、じゃっ、じゃ。

あっという間にほかほかのスクランブルエッグが完成した。

わたしと兄ちゃんは鍋敷にフライパンを置くと、お箸でそれをつついて食べ始めた。暗闇で塩をかけすぎたのか、ちょっと、だいぶ塩っ辛い。でも、楽しい。

「うーんアウトドア」

兄ちゃんがこぼす。完全に家の中で、何ひとつアウトドアじゃないけれど、気持ちはわかった。

兄ちゃんと話し合い、「部屋は危険かもしれない」とリビングに掛け布団を持ち寄った。それから水筒にお水を入れて、枕元に置いた。

兄ちゃんが窓をそっと開け、途端勢いよくびゅうと吹き込む雨風に「ぎゃあ」と悲鳴を上げて閉じる。

「あ、ズルい！　わたしも！」

「いや、これは四年生には危険だ」

そう言いながらも兄ちゃんは一瞬だけ窓を開けてくれて、わたしたちは揃って「ぎゃあああー」と悲鳴を上げる。

家の中は壁掛け時計の秒針の音、外は相変わらずガタガタと風の音がしていた。外では大変なことが起きていて、わたしたちは生存者としてサバイバルをしているのだ。

玄関からゴトンと音がした。パッと電気がつけられて目が覚める。

「ただいまー」

「お母さん！　出張は？」

「台風でなくなったのよ。大丈夫だった？」

「怖かったよ～！」

「停電してマジで大変だったんだよ！」

わたしと兄ちゃんが興奮気味に言う。わたしと兄ちゃんは、この過酷（かこく）な夜を子どもだけで立派に生き抜いた猛者（もさ）のような気持ちで胸を張っていた。

しかし、母は部屋を見て悲鳴を上げた。

「そ、それよりちょっと！　なんなのこのありさまは！」

床一面に散らかした袋麺の空袋と細かくなった乾麺がこぼれ、床に出しっぱなしのフライパン、ぼろぼろこぼれているスクランブルエッグ。水筒やらテントが引っ張り出された大騒ぎの惨状が広がっていた。わたしはさっと床に視線を伏せた。

兄ちゃんも気まずげにしていたが、ふと思いついた顔で人差し指を立てて言う。

「た、台風一過」

一途にわらび餅

子どもの頃からずっと、近所のふたつ上のお兄さんに憧れていた。

近所でもイケメンで名高い高砂（たかさご）兄弟の兄のほう。高砂大雅（たいが）。それが私の初恋の相手だった。

彼が地元で二番目に偏差値の高い高校に行ったから、当時成績があまりよくなかった私も猛勉強をした。そうしたらうっかり地元で一番偏差値の高い高校に受かってしまったのでそちらに入学した。

大学も通える範囲で同様の悲劇がおこった。しかし学校は違っても近所なのだから、いくらでも機会はある。そう思っていた。けれど、実際には機会はさほどなく、彼はいつも普通に同じ学校の彼女を作った。

そして私と同じ学校なのはいつも、同級生である高砂弟こと、高砂桐哉（きりや）のほうだった。

「兄貴ならまた彼女変わったよ」

「え？　また？　ついこの間じゃなかった？」

　結局私は、高校一年から大学二年の今に至るまで、桐哉相手に近所の甘味屋のわらび餅を奢って月イチで大雅兄の情報を聞き出していた。滅多に本人と会えないのだから受動面会するよりない。そして、私の好きな大雅兄は、気づけば一か月ペースで彼女が変わるモテ男となっていた。

「シェフの気まぐれサラダかっつーくらい頻繁に女変わってるのに、まだ好きなわけ？」

「いや、きっとまだシェフは定番のサラダを模索（もさく）してる最中なんだよ……」

　そしてその定番サラダに、私はなりたい。

「樹里（じゅり）も執念深いよなぁ……」

「一途と言って」

　気まぐれシェフな大雅兄とは対照的に、桐哉のほうは高校二年時に一度告白された相手と付き合った折に「かったるい」という理由でわずか二週間で別れてから彼女がいたためしがない。同じ学校なのでモテないわけではないのは知っている。この男はその方面にはてしなくやる気がないのだ。頻繁に客が来るのに帰れと追い返す偏屈（へんくつ）な開店休業店だ。

　彼はぷるぷるのわらび餅にきなこと黒蜜をたっぷりまぶして「俺も、このわらび餅には一途だ」とのたまっている。

　実際この店はわらび餅が目玉の名店であり、我々には近所だが、遠方からわらび餅を求めて来る客もいるらしい。だからまぁ、ほんの少しお高い。もちろんわらび餅ではあるから手が届かないわけではないが、要は人の奢りだと心置きなく食べられる類いのものなのだ。

もくもくとわらび餅を食べていた桐哉だったが、ふと窓の外を見て言う。

「……なぁ、ひとつ訂正がある」

「なに？」

「気まぐれサラダ……変えてなかったみたいだ」

「え？　そうなの？　どういうこと？」

桐哉が指さす窓の外には大雅兄が女連れで歩いていた。パッと目を逸らす。

「見るとしんどいから状況の説明だけして」

「うーん、一昨日違うサラダと会ってたからてっきり変わったのかと思ったら、あのサラダも継続中だったみたいだな」

「……つまり、二股!?」

「たぶん」

さすがの私もフォローのしようがない不実さだ。

今まではまだ、気が変わりやすいだけで、本物を探しているという強引な解釈ができたが、これでもうはっきりわかってしまった。シェフは定番を模索することなく、冷蔵庫のあまりものを手当たり次第使って雑なサラダを作っていただけだったのだ。

というか、私は恋をしていてもその辺の冷静さは多分に残っているタイプなのだ。だからいくら恋をしていても、わざわざ志望校のランクを下げてまで通うことはしなかったし、彼の人間性が年々歪(ゆが)んでいっているのもしっかりと把握はしている。

最近ではもう何があっても、私が彼に実際に「付き合ってほしい」と言うことはないのではないかと、うっすら思い始めている。

口を開けて呆然としている私の口中に、桐哉がわらび餅をひょいとひと切れ放り込んでくる。

「……ほいひい……」

顔を覆い、もぐもぐしながら言う。黒蜜ときなこの甘みと、ぷるんとした食感。ひんやりしたものが喉を通っていく。私は何回同じ人に失恋すれば気が済むのだろう。涙が出てきそうだった。

「うーん、気の毒になってきた……奢ろうか？」

「うん……」

桐哉は店員を呼んで追加で私のわらび餅を注文した。

私が中二のとき、親の再婚で落ち込んでいたときに一度だけ、大雅兄がここのわらび餅をご馳走してくれたことがあった。

当時彼は高一、バイトもしていて、なんだかすごく大人に見えたし、それまでも素敵とは思っていたけれど、それが深く恋に落ちるきっかけにもなっていた。

いかに彼が変わろうとも、あの日の思い出や優しさはなくならない。だからいつまでも引きずってしまっていた。しかし反面、理性的な部分では、その擦りすぎたボロキレみたいな思い出くらいしか、もはや縁にするものがないことにも気づいていた。

＊＊＊

数日後の朝。玄関を出ると真っ白な雪が降っていた。そして、たまたま大雅兄と駅までの道が一緒になった。少し前までの私なら大喜びしていただろう。

しかし、だいぶすっきりした気持ちで「おはよう」を言うことができた。長年の片想いがここ数日ですっかり過去のものになりつつあった。股がけの威力はすごい。

「大雅兄あのさ、私が親のことで落ち込んでたときあったでしょ？　あのとき、わらび餅ご馳走してくれてありがとう」

ちょうどいいから、片想いへの訣別を兼ねて長年の感謝を伝えることにした。彼は私の隣で新雪をギュム、と踏みながら、白い息を吐き出し数秒黙った。

「……今だから言うけど、あれ、頼まれたんだよね」

「え？」

「お前が落ち込んでるから、俺が慰めてやってくれって、あいつが手持ちの少ない小遣いまで渡して頼んでくるもんだから……」

誰のことか言ってないのに該当者がひとりしかいなくて、わかってしまう。

「あはは。わらび餅なら慰められるっていう、わらび餅への信頼がすごいね」

「あいつは俺と違って一途だからな」

「わらび餅に？」

大雅兄はこちらを見て口元で笑った。

それから、しばらく黙って歩いて、大雅兄とは改札で別れた。

＊＊＊

それから平穏に日々が流れ、また月に一度の甘味屋での会合の日がやってきた。

「寒い……さっさと入ろう」

いつもとまったく同じ、低テンションの桐哉と甘味屋に入った。

「ほんと寒いね。私おしるこにする、桐哉は？」

「わらび餅」

聞くまでもなかったが一応聞いてから注文した。いつ食べてもいいとはいえ、わらび餅の旬は夏ではないだろうか。

注文が揃うと、桐哉は専用の木製の楊枝でわらび餅をつつき、何もつけずにそのまんま口に入れた。ごく小声で聞いてみる。

「ねえそれ、飽きたりしないの？」

確かにわらび餅はおいしいしこの店の目玉ではあるが、この店にはしるこやあんみつや団子、ほかにもおいしいものがたくさんあるのだ。

「飽きない。俺はずっとこれがいい」

これでいい、ではなく、これがいい、なところに確固たる強さを感じる。

「わらび餅食いたい欲って、団子とかしるこじゃ埋まらないだろ」

「まぁ、確かに、食感から何から、違うけど……桐哉、ほか頼んだことあったっけ？」

「一度だけ。水まんじゅうで心を埋めようとした。でもやっぱぜんぜん違うと思ったし、俺には結局これしかない」

「どこがいいの？」

「そんなこと言われても……もう昔からずっと好きだったからなぁ。見た目も可愛くて好きだし、結局ほかに興味が湧かない」

わらび餅の話をしているのに、なぜだか頬が熱くなるのを感じる。

「……桐哉ってさ、もしかして私と同じ学校受験するために、結構頑張ったりした？」

桐哉は目を丸くした。一瞬だけ、透明でぷるぷるしてて、汚れないわらび餅に視線をやる。

それから顔を両手に埋めて「バレたか」と言った。

房江（ふさえ）ばあさんの干し柿（※焼鳥しか食べてません）

会社からの帰宅途中に小雨が降り出した。

ひとり暮らしのアパートにうっかり洗濯物を干してきていた俺は駅からの歩みを速めた。

ベランダにはしっかり屋根があるが、手すりにシーツを掛けてきてしまっていた。

アパートの前まで来て、なんとなく焦った気持ちで自室のベランダを見上げる。すぐに階段を駆け上がり、鍵をガチャガチャと開け、湿り始めていたシーツを救出した。

ふうと一息ついてネクタイを外し、スーツのシャツのボタンをひとつ開ける。

落ち着いてぼんやりしていると、さっき見たベランダの風景がふわっと頭をよぎる。

さっき。隣の家のベランダ……奥に干し柿が吊るしてあったよな。

わざわざ人の家のベランダをジロジロ見たりしないので今まで気づかなかったが、前から干してあるんだろうか。都心の集合住宅のベランダで、柿を干している人はなかなか珍しい。ちらっと視界に入っただけだというのに、その異質なインパクトは脳裏に焼きついていた。

そしてその二か月後くらいだろうか。一階にある集合ポストの俺のポストに、隣の家の郵便物が紛れ込んでいた。正しいポストに入れようと部屋番号を確認したときに目に入った家主の名前は『谷田部房江』。四年前に八十歳で亡くなった俺のばあちゃんと偶然同じ名前だった。

＊＊＊

大学時代、酔っ払ってベランダで大声で歌っていたら、アパートの隣の窓がガラッと開いて、そいつのバンドにスカウトされた。

それが成瀬と友達になったきっかけだ。

彼は以前この部屋の隣、谷田部房江さんとは反対隣の部屋で暮らしていたが、就職と共に隣駅へと引っ越した。今では若気のいたりで酔って歌うような迷惑行為もしなくなったし、卒業して音楽もすっかりやらなくなってしまったが、成瀬との交流だけはほそぼそと続いている。その成瀬が七月の週末に部屋に遊びにきていた。

「なぁ、お隣さん、琴みたいのやってないか？」

壁は薄いというほどでもなく、窓さえ閉めていれば生活音はほとんど聞こえなかったが、それでも楽器の音だけはくぐもって聞こえてくる。確かに成瀬の言うように、琴っぽい音は以前からたまに聞こえていた。しかし俺は楽器の音には寛容だ。気にしていなかった。

「ああ、お隣さん……たぶんだけど、おばあちゃんがひとりで暮らしているんだよ」

「へえ、そうなんか？」

「会ったことないけど、去年の十一月ごろ、ベランダに柿干してあったからな」

「そら、ばあちゃんだな」

「結婚した息子に呼ばれて田舎の家を処分して東京に出てきたけど、結局嫁と折り合いが悪くなって追い出されて、それからずっとひとり暮らしをしてる……とかじゃないかな。想像だけど」

「想像のくせに無駄に生々しいのやめろよ。悲しくなるわ」

「いやあ、なんにしてもたぶん相当なお年寄りだから、ちょっと暑い日が続くと、ちゃんとエアコン入れてるかなーとかって、心配しちゃうんだよな」

「ああ、お前昔おばあちゃん子だったたって言ってたもんなー」

　俺の頭の中にはすっかり房江ばあさんのイメージがあった。実際に見たことはないので、その姿はいかにも何かの映画で見たような昔の田舎のばあちゃん像だ。

「なぁ、隣のおばあちゃん、羊羹好きかな……」

「俺が知るわけないだろ」

「いやほら、もうすぐ毎年恒例の段ボールが届くからさ」

大学時代からずっと、郷里の母が年一で送ってくる段ボール。そこには乾物やふりかけ、靴下など雑多なものが詰め込まれているが、俺の実家である和菓子屋の商品もいくつか放り込まれている。

中でも日持ちする羊羹は災害用グッズも兼ねていて、必ず大量に入っている。

ライブハウスのチケットノルマで金が消えていく大学時代は重宝したし、同じくらい貧乏なバンドメンバーにもよく配っていたものだった。

「干し柿好きなら羊羹もいけんじゃねえの？」

「うーん、なら……勇気を出してお裾分けしてみようかな……」

俺とは縁もゆかりもない房江ばあさんだが、年寄りのひとり暮らしは何かと心配なものだ。俺が不審でない者だときちんと知ってもらえれば、もしかしたら何か力になれることもあるかもしれない。

隣の房江ばあさんのことは、俺の心になんとなくほわっと棲みついていた。

＊＊＊

そこからまたひと月ほど空いたある晩。

お互い独り身で暇な俺と成瀬は週末の夜、また集合していた。

「最近この近くにうまい焼鳥屋を発見したから、そこでいいか？」

「そんなんあったんか？」

「三年くらい前からあったっぽいんだけど、最近気づいた」

行ってみると、店の前には焼鳥の、食欲をそそるいい匂いがしていた。まだ一度しか行っていないが、小さくて洒落た店構えの、いい店だ。

成瀬と店に入り、モモ、ねぎま、皮、ぼんじり、ハツ、砂肝、つくね、レバーとひと通りふたり分注文する。塩が合うものもあるが、この店はタレがうまいのでタレ一択だ。そして、カリッとしていて香ばしい皮が俺のお気に入りだった。

ビールと梅酒も頼んで、ダラダラ話しながら食事をする。

二十五歳。今の仕事にも少し慣れてきて、時々繁忙期に瀕死になりつつも、それすらもわりとルーチンになってきた。平穏な日々を過ごしていた俺は、おそらく油断していた。まさか高校生じゃあるまいし、この歳になって俺の身にこんなことが起こりうるだなんて思ってもみなかった。

俺は、途中で店に入ってきた女性にうっかり一目惚れしてしまったのだ。

背が高くて、小顔で黒髪のショートカット。少しキツそうな吊り目に赤い唇の彼女は、俺の好みに合致しすぎていた。入ってきた瞬間から無口になってしまったくらいだ。

彼女は席には着かずに店の奥に消えて、店のエプロンをして出てきた。常連らしい客に話しかけられている。

「さえちゃん、久しぶりじゃない？」

「うん。ちょっと就活と習いごとの発表会、両方でバタバタしてました」

まずい。声まで好みだ。焦って梅酒を一気飲みした。

成瀬も俺の様子がおかしくなったことに気づいている。俺の好みを把握しているので、おそらくその理由にまで気づいている。

やがて、梅酒のグラスを下げにきてくれた彼女に追加の酒の注文をしたが、気の利いたことは何も言えなかった。

しかし、そこで奇跡が起こった。彼女が話しかけてきてくれたのだ。

「あのー……学祭のライブで一度見たことが。おふたりとも、たぶん大学の先輩ですよね？」

「えっ」

大学を確認すると確かに俺たちが卒業した、この近辺にある大学の名前だった。

「私も音楽やってて……先輩の歌、すごく格好良かったので覚えているんですよ！」

「え、あ、ありがとう……」

「はい！」

彼女はにっこり笑ってくれた。このときほどバンドをやっていてよかったと思ったことはない。俺の青春は無駄じゃなかった。

しかしながら彼女は「ごゆっくり」と言ってすぐに行ってしまい、その後は忙しそうで、結局話しかけることもできないまま帰宅してしまった。

一応、女性と付き合ったことだって何度かある大人だというのに、顔から服から雰囲気から話し方から全て、あまりに好みすぎて何もアクションができなかった。

数日後に勇気を出して会社帰りにまた店に行ったが、彼女は店にいなかった。

そして店内にアルバイト募集の貼り紙があったのでうっすら嫌な予感がしていたけれど、たまたま聞こえた店主と常連さんの会話によると、彼女は最近辞めてしまったのだそうだ。

こんなことなら、もっと勇気を出して話しかけておけばよかった。

「はぁ……」

意気消沈（いきしょうちん）した俺が早々と店を出て帰宅すると、すぐに宅配便がきた。

羊羹段ボールだ。

俺の頭に房江ばあさんの見たこともない顔がほわんと浮かぶ。俺は羊羹をいくつか持って、隣の家の扉の前まで来た。

しかし、このご時世に大学生や女子ならまだしも、会社員男が突然羊羹持ってお裾分けに来たら、警戒されないだろうかとためらう。

それでも、勇気を出してグッと呼び鈴を押す。中でインターホンを取ったブツッという音がしたので、間髪入れずに俺はしゃべり出す。

「あのっ、隣の者なんですが、羊羹が実家からたくさん届いて余っているのでいかがでしょうか」

一息に言うと、玄関のほうに人が来る気配があった。しかし反応はない。ドアスコープから覗いているのかもしれない。そして、勢いよくガチャリと扉が開いた。

「先輩！　お隣だったんですか!?」

「え……君は……焼鳥屋の……」

もう会えないと思っていた彼女が隣の家にいた。

しかも本人。俺の頭にいた房江ばあさんが霧のように消え去っていく。

「はい！　谷田部房江と申します！」

俺は小さく「嘘だろぉ……」と呟いていた。

谷田部房江はにっこり笑って羊羹を受け取ると「ちょっと待っていてください」と言って一度部屋に消える。

そうして、ビニール袋に干し柿を入れて、お返しのお土産をくれたのであった。

夕食の匂い

子どもの頃は団地街に住んでいた。

その団地は換気口の関係なのか、食事時には各家庭からの匂いが外に漂っていた。カレーの匂い。焼き魚のこんがりした匂い。甘い煮物の匂い。オリーブオイルとニンニクのパスタの匂い。焼きそばのソースの匂い。おでんの匂い。焼肉の匂い。エスニックのスパイスの匂い。シーフードのカップ麺の匂いの家もあった。

だから私は小学校低学年の頃は夕方になると隣の家のキョウ君と一緒にいろんな階に行って、料理を当てっこして遊んでいた。

私の家は母子家庭で親の帰りが遅く、キョウ君の家は父子家庭で同様だった。

キョウ君が特に好きだったのは、鶏ごぼうの炊き込みご飯の匂いだ。ごぼうの炊ける匂いと、出汁と醤油も微かに感じられる温かな匂いだが、なかなか渋い嗜好の小学生だったといえる。

それというのもキョウ君の家の、妹を連れて出ていったお母さんが、よく作ってくれていたメニューらしかった。

そう頻繁にある匂いではなかったが、年に数回、その匂いや、それに近い匂いがすると、キョウ君は立ち止まって黙り込んでしまう。たまに目を潤ませていることもあった。

私とキョウ君は小学校高学年まで、暇なときはその遊びを続けた。

中学生になるとさすがにその遊びはしなくなった。

彼と一番疎遠だったのはこの頃だ。学校は同じだったけれどクラスが違い、お互い部活もあったのでなんとなく関わりが減った。その頃の私と彼は、帰り道で少し先に姿を見つけても、声をかけずにそのまま帰るくらいには距離が空いていた。

高校二年になって同じクラスになったことで、キョウ君との交遊がまた始まった。それは、小学校の頃とは違う異性のお付き合いだった。

その後、おきまりの環境の変化が訪れ、彼と私は大学進学時にはふたりとも親しんだ団地を離れることになった。そうしてやがて、互いの親も引っ越したことで、そのエリアにはまったく立ち寄らなくなってしまった。

大学も卒業して早五年が経過した今、私はあの団地とはほど遠い街で夫と暮らしている。いろんなことがあって、過ぎてしまえばあっという間だった。

けれど、夕方に近所の団地のそばを通ると、ふと思い出すことがある。私とキョウ君が過ごしたあそこには今でも夕食時にいろんな匂いがしているのだろうか。

そして、小さなキョウ君はあそこでまだ目を潤ませていたりするのだろうか。

＊＊＊

夕食時。バタバタと慌てた音を立てて帰ってきた夫が開口一番言う。

「今日、鶏ごぼうご飯だろ！」

「うん。匂いした？」

「したした！　テンション上がるなぁ～！　手え洗ってくる！」

ウキウキしながら夫が洗面所に行く。そうして、揃って食卓に着いた。

「昼にお義母さんから野菜が届いたんだよ」

「そうかぁ、それでか！」

「作り方も一応確認したんだけど……どうだろ」

「前のも、めちゃうまかったよ？」

「あれはちょっと失敗しちゃってたけど……」

「いや最高だったって！」

「じゃあ今日はその最高を塗り替えるかもよ」

笑いながら食卓を囲む。

鶏ごぼう飯に、豆腐のお味噌汁。サラダとさといもの煮物。ものすごく豪華でもなければ、高級でもない、どこにでもある夕食だ。

そうして揃って手を合わせて言う。

「いただきます」

あとがき

お腹が弱いです。

初詣にすら行き忘れていることがあるのに、トイレでは頻繁に神に祈り、懺悔してます。皆、絶対にものを食べ生きているとはいえ、食を楽しむのにはそれなりに素質がいります。私は元々量を食べられるほうではない上、脂ものにも脆弱です。絶望的に才能がないのです。そういうこともあり、私はそこまで食に強い執着はないたちだと思っていました。

二年ほど前に、歯科矯正をしました。ワイヤー矯正です。

ご存知の方もいるかとは思いますが、ワイヤーを歯に取り付け、歯の位置を少しずつ動かしていくものです。付けたワイヤーを月に一度調整に行っていたのですが、調整直後に歯が動き、特に矯正を始めた頃はものすごく痛みました。普通にしていれば痛くないのに、ものが当たると痛いのです。個人差もだいぶありますが、私は初期にはラーメンの麺をすすったあとに悶絶していました。

健康診断のあとの食事とかもそうですが、禁断の恋みたいなもので、制限があると欲求が盛り上がるもので、突然いろんなものが食べられなくなったことで急に食欲は増しました。そしてそのとき、それまで自分が実は「今日は夕飯にハンバーグが食べたい」「餃子が食べたい」「突然のポテト欲」「甘きものからの誘惑」「唐揚げ！」「天丼よこせ！」など、いわゆる高級グルメじゃなくとも、ふわんと芽生えたささやかな欲求に従って食べていたこと、そしていかに日々のなにげない『食』に依存していたか初めて知りました。

本作の半分はウェブに投稿していたものだったのですが、担当さんにお声がけいただいたときに「本が読めないくらい疲れている日でも、この作品だったらきっと読める、パラパラめくってその日の疲れを癒したくなるのでは」とのお言葉をいただいたのが本当にとても嬉しく、残りもそんなふうになるといいなと強く思いながら後半を書き下ろしました。

高級なご馳走のような壮大なお話はないですが、疲れたときにちょっと食べるお菓子みたいに、読んでいる瞬間だけほんの少し自分の現実を忘れて楽しんでもらえたらたいへん嬉しいです。

お読みくださったすべての方と、本作に関わってくださったすべての方に感謝を込めて。

二〇二五年　三月　村田天

ことのは文庫

ある日(ひ)どこかで箸休(はしやす)め

3分(ぷん)で読(よ)める35話(わ)のアラカルト

2025年3月28日　初版発行

著者　村田天(むらたてん)

発行人　子安喜美子

編集　尾中麻由果

印刷所　株式会社広済堂ネクスト

発行　株式会社マイクロマガジン社

URL：https://micromagazine.co.jp/

〒104-0041

東京都中央区新富1-3-7ヨドコウビル

TEL.03-3206-1641 FAX.03-3551-1208（営業部）

TEL.03-3551-9563 FAX.03-3551-9565（編集部）

本書は、小説投稿サイトに掲載されていた作品を、加筆・修正の上、書籍化したものです。

ISBN978-4-86716-730-4　C0193